KB004002

내민 것은 비어 있는 가입 신청서였다.

헛

스즈미야 하루히의 소실
타니가와 나가루 & 이토 노이지
스타트!

스즈미야 하루히의 소실

타니가와 나가루 | 지음

이덕주 | 옮김

CONTENTS

프롤로그

 지구를 얼음송곳으로 쪼아대면 보기 좋게 쩍 갈라지지 않을까 하는 생각이 들 정도로 추운 아침이었다. 솔선수범해서 깨버리고 싶을 정도다.

 하지만 추운 것도 당연한 것이 지금은 겨울이기 때문이다. 한 달하고 약간 전에 있었던 문화제까지는 무지하게 덥다 싶었는데 12월이 되자마자 깜박 잊었던 것을 떠올리기라도 한 듯 급격하게 날이 추워져 올해의 일본에는 가을이 없었다는 사실을 절실하게 실감하고 있다.

 누군가가 사업 번창을 위한 기원을 주문으로 착각한 건 아닐까. 시베리아 한류 기단 녀석들도 가끔은 경로를 변경해주면 어디가 덧나냐. 이렇게 매년 찾아올 것까진 없잖아.

 지구의 공전 주기가 틀어진 건 아닐까, 이렇게 어머니 대지의 건강을 걱정하며 걸어가고 있는데,

 "어이, 콘."

 나를 쫓아온 경박한 녀석이 수소 수준의 가벼운 목소리를 내며 내 어깨를 쳤다. 멈춰 서기도 귀찮았기에 그대로 고개만 돌리기로 했다.

"여, 타니구치."

난 그렇게 대답하고선 다시 앞을 향해 완만한 경사를 이루고 있는 언덕 꼭대기를 원망하는 눈으로 바라보았다. 이런 언덕길을 매일 오르는데 체육 수업은 좀 줄여줘도 되는 거 아냐? 아침마다 하이킹 수준의 통학로를 걸어야 하는 학생들에 대한 배려를 담임 오카베 외 체육 선생들은 좀더 해줘야 한다. 어차피 자기들은 차를 타고 오잖아.

"무슨 늙은이 같은 소리야? 빨리 걸어. 제법 운동이 된다고. 몸이 따뜻해지거든. 나를 봐라, 스웨터도 안 입었잖아. 여름은 극악이지만 이 계절에는 딱 좋다고."

기운이 넘쳐나는 거야 좋은 일이다만 그 기운의 근원은 대체 어디냐? 내게도 조금만 나눠다오.

타니구치는 긴장감이라고는 찾아볼 수 없는 입가에 미소를 지으며,

"기말고사도 끝났잖냐. 그러니 이제 올 한 해 동안 학교에서 배울 건 다 끝난 거라고. 그리고 멋진 이벤트가 곧 찾아오잖아!"

기말고사라면 전교생에게 평등하게 찾아왔고 평등하게 끝났다. 불공평한 것은 채점이 끝나 돌아온 답안지에 쓰인 숫자 정도일 것이다.

난 슬슬 입시학원에 보낼 걱정을 하기 시작한 어머니를 떠올리며 암담한 기분에 사로잡혔다. 내년에 2학년이 되면 반 편성은 지망 학교에 따라 이루어진다. 문과냐 이과냐. 공립이냐 사립이냐. 자, 어떡하지.

"그런 건 나중에 생각하면 돼."

타니구치는 시원스레 웃었다.

"그런 거말고 더 중요한 게 있잖아? 너 오늘이 몇 월 며칠인지 아냐?"

"12월 17일"이라고 대답했다.

"그게 왜?"

"왜긴 왜야. 1주일 뒤에 가슴 뛰는 날이 찾아오는 걸 모르고 있는 거야?"

"아아, 그렇군."

난 정답을 떠올렸다.

"종업식이네. 겨울 방학은 애타게 기다리기에 충분한 이벤트지."

하지만 타니구치는 산불을 만난 작은 동물처럼 슬쩍 시선을 던졌다.

"아냐! 1주일 뒤의 날짜를 자~알 생각해보라고. 저절로 해답에 이르게 될 테니까."

"흐음."

난 콧방귀를 뀌며 하얀 숨을 토해냈다.

12월 24일.

알고는 있었다. 다음 주에 누군가가 조작한 건지 음모를 꾸민 건지 알 수 없는 행사가 있다는 사실쯤은 이미 알고 있었다. 그 누가 놓친다 해도 내가 놓칠 리가 있나. 나보다 이런 이벤트를 예리하게 간파할 녀석이 가까운 자리에 앉아 있으니까. 지난 달 핼로윈을 깜박 넘겨버리고 만 것을 안타까워했으니 뭔가를 할 생각이 틀림없다.

아니, 사실은 뭘 할지도 알고 있다.

어제 동아리방에서 스즈미야 하루히는 분명히 이렇게 발언했다
….

"크리스마스이브에 선약 있는 사람 있어?"

문을 열자마자 가방을 내던진 하루히는 오리온자리처럼 반짝이는 눈으로 우리를 내려다보았다.

그 말투에는 '선약이 있을 리가 없지, 너희도 내 뜻을 잘들 알고 있지?'라는 뉘앙스가 담겨 있는 것 같아, 약속이 있다고 대답했다간 그 즉시로 눈보라라도 불러올 법한 기세였다.

그때 나는 코이즈미와 함께 TRPG를 하고 있었고, 아사히나 선배는 이제 거의 평상복이 되어가고 있는 메이드 의상을 걸치고 전기스토브에 손을 쬐고 있었으며 나가토는 신간 SF 양장본 소설을 손가락과 눈만 움직이며 읽고 있었다.

하루히는 가방 외에 따로 들고 있던 커다란 가방을 바닥에 놓고선 내 옆으로 힘차게 걸어오더니 가슴을 쭉 펴며 시선을 내리깔았다.

"쿈, 물론 너도 아무 일 없겠지? 안 물어봐도 다 알지만 일단 확인해두지 않으면 미안할 것 같으니까 물어봐줄게."

세계에서 가장 유명한 고양이 같은 미소(주1)를 짓고 있다. 난 굴리려고 들었던 주사위를 의미심장한 미소를 짓고 있는 코이즈미에게 건네고 하루히를 쳐다보았다.

"선약이 있으면 어쩌게? 먼저 그것부터 말해봐라."

"없다는 소리군."

멋대로 고개를 끄덕이더니 하루히는 내게서 시선을 돌렸다. 어

주1) 이상한 나라의 앨리스에 나오는 체셔 고양이를 의미

이, 잠깐만. 아직 네 질문에 대답 안 했는데. …뭐, 아무 예정도 없으리란 건 언제나 그랬지만.

"코이즈미는? 여자친구랑 데이트 약속 있어?"

"그렇다면 얼마나 좋을까요."

손바닥 위에서 주사위를 굴리며 코이즈미는 연극을 하듯 한숨을 내쉬었다. 진짜 연기 하고 있네. 사기 치는 냄새가 풀풀 난다.

"다행인지 불행인지 크리스마스를 전후로 제 스케줄은 텅 비어 있습니다. 뭘 하면서 보낼까 혼자서 고민하고 있던 참이에요."

그렇게 말하며 미소짓는 핸섬한 면상을 보며 난 거짓말 좀 작작하라고 생각했다. 하지만 하루히는 그 말을 고스란히 믿었다.

"고민할 거 없어. 그건 아주 행복한 일이니까."

그런 다음 하루히가 뱃머리를 돌린 곳은 메이드 소녀였다.

"미쿠루, 너는 어때? 오밤중에 비가 눈으로 바뀌는 순간을 보러 가자며 누가 권유하거나 하진 않았어? 그런데 요즘 세상에 그런 소리를 진지한 표정으로 떠들어대는 녀석이 정말 있으면 그냥 한 대 패버려."

커다란 두 눈을 더욱 크게 뜨고 하루히를 바라보고 있던 아사히나 선배는 갑작스런 질문에 움찔 몸을 떨었다.

"아뇨, 그, 그러네요. 지금으로선 아무런…. 아, 밤중에…? 아, 그보다 차를…."

"끝내주게 뜨거운 걸로 부탁할게. 요전에 내온 허브티란 게 맛있더라."

주문하는 하루히에게,

"아, 예! 당장 준비하겠습니다."

차를 타는 게 그렇게 즐거운지 아사히나 선배는 얼굴을 빛내며 가스버너에 주전자를 올렸다.

만족스럽게 고개를 끄덕이며 하루히는 마지막으로 남은 나가토에게 말했다.

"유키."

"없어."

"그렇지?"

작은 새가 속삭이는 듯한 단적인 대화를 마치고 하루히는 다시 날 향해 거만한 미소를 지었다. 난 잠시 자기는 상관없다는 태도로 책을 읽고 있는 나가토의 새하얀 얼굴을 보고 그리 쉽게 대답할 것까지는 없지 않느냐는 생각을 했다. 조금은 스케줄을 떠올리는 척이라도 해주면 좀 좋아.

하루히는 한 손을 휘두르고선.

"그렇게 됐으니까, SOS단 크리스마스 파티 개최가 전체 회원 일치로 가결되었습니다. 이론이나 반론이 있다면 파티를 마친 뒤에 문서로 제출하도록. 봐주기는 할 테니까."

그러니까 무슨 일이 있어도 한 번 꺼낸 말을 취소하지는 않겠다는 뜻이고, 이런 모습에는 이미 익숙했다. 정말이지 성의는 없었지만 그래도 모두의 선약을 물어보고 다닌 것만은 반년 전에 비하면 진보했다고 할 수도 있다. 그게 선약이 아니라 모두의 의사라면 더욱 좋았겠지만.

모든 것이 시나리오대로 진행 중이라고 말하고 싶은 듯한 만족스런 표정으로, 하루히는 내팽겨쳤던 가방 속에 손을 넣었다.

"그래서 말이야, 모처럼의 크리스마스이니까 이것저것 준비해야 하잖아? 그럴 것 같아서 물건들을 준비해왔어. 분위기 조성부터 시작하는 게 올바른 이벤트 진행법이지."

그리고 나온 것은 눈 스프레이, 금색과 은색이 들어간 천, 폭죽, 미니어처 트리, 사슴 인형, 하얀 솜, 장식 전구, 리스, 빨강과 녹색의 천막, 알프스산맥이 그려진 태피스트리, 태엽을 감으면 움직이는 눈사람 인형, 두꺼운 양초와 촛대, 유치원에 다니는 아이 하나는 거뜬히 들어갈 만한 거대한 양말, 크리스마스 캐롤 모음 CD….

어린애에게 과자를 나누어주는 동네 누나 같은 미소를 지으며 하루히는 크리스마스 분위기가 나는 물건들을 차례로 꺼내서 테이블에 올려놓았다.

"이 썰렁한 동아리방을 보다 따뜻하게 만들 거야. 크리스마스를 적극적이며 긍정적으로 맛보기 위해서는 일단 모양새부터 갖추는 게 초보자들한테는 딱이겠지? 너도 어렸을 때 이런 거 하지 않았어?"

하고 자시고. 조금만 더 있으면 내 여동생 방이 크리스마스 사양으로 변신하게 된다. 올해도 그 과정을 도우라고 어머니가 명령할 것이다. 참고로 올해 초등학교 5학년, 열한 살이 되는 내 여동생은 아직까지 산타클로스 전설을 믿고 있는 것 같다. 내가 인생의 상당한 초창기 시절에 알아차리고 만 부모님의 교묘한 위장 공작을 아직 눈치채지 못하고 있는 것이다.

"너도 여동생의 순진한 마음을 좀 보고 배워. 꿈은 믿는 데서부터 시작되어야 한다고. 그렇지 않으면 이뤄질 것도 안 이뤄진다니까. 복권은 사지 않으면 맞지도 않잖아. 누가 1억 엔 복권 좀 안 주나 생각하고 있어봤자 그런 걸 주는 사람은 아무도 없어!"

하루히는 기쁜 듯 소리를 지르는 참 기술도 좋은 재주를 보여주며, 파티용 삼각뿔 모자를 꺼내 직접 머리에 썼다.

"로마에 가면 로마의, 수도에 가면 수도의 법칙을 따라야 하는 법이지. 크리스마스에는 크리스마스의 규칙을 따라야 해. 생일을 축하해주는데 싫다는 사람은 없잖아. 미스터 그리스도도 분명히 우리가 즐겁게 보내는 걸 보고 기뻐할 거야!"

태어난 해조차 확실하지 않은 그리스도의 생일에 관련된 갖가지 학설을 여기서 늘어놓을 정도로 나는 분위기 파악을 못 하는 인간이 아니다. 그리고 그리스도의 생일 추정일이 여럿이라고 말을 한다면 분명 하루히의 성격에 "그럼 그걸 전부 크리스마스로 하면 되잖아"라는 소리를 하며 1년에 몇 번이고 트리를 꺼낼 게 뻔하고, 이제 와서 서기 원년이 뒤집어져도 곤란한 데다 태양력이든 고대 바빌로니아력이든 어차피 인간이 멋대로 정한 일이고 광대한 우주를 묵묵히 돌고 있는 천체들은 신경 쓸 것 없이 수명이 다할 때까지 그렇게 살아갈 것이다. 아아, 우주는 참 좋겠어.

그런 대우주의 신비에 대해 소년과도 같은 마음을 들썩이고 있는 내게 몽상에 잠길 시간도 주지 않고, 하루히는 동아리방 안을 서비스 정신이 왕성한 판다처럼 두리번거리며 방 여기저기에 크리스마스용 소도구들을 놓았고, 독서 중인 나가토의 머리에도 삼각뿔 모자를 씌우고선 눈 스프레이를 흔들어 유리창에 'Merry X-mas!'라고 써갈겼다.

뭐, 아무래도 상관없다만 밖에서 보면 거꾸로 보일 텐데.

이러저러하게 시간을 보내는 사이, 찻잔을 쟁반에 올린 아사히나 선배가 호두까기 인형처럼 종종거리며 걸어왔다.

"스즈미야 씨, 차 내왔어요."

메이드 스타일로 미소를 짓는 아사히나 선배의 모습은 오늘도 최고로 멋져 몇 번을 봐도 그때마다 신선한 기운을 내 마음에 내려준다. 하루히가 무슨 말을 꺼낼 때마다 비참한 처지에 빠지는 아사히나 선배도 이번 크리스마스 파티에는 불만이 없는 듯 보였다. 바니걸 차림으로 전단지를 뿌리거나 성희롱 수준의 의상으로 영화에 나오는 것에 비교한다면 단원들 모두가 모여 조촐한 파티를 즐기는 정도야 실제로 순수하게 즐길 수 있는 일이기도 하지만.

하지만 과연 그럴까?

"고마워, 미쿠루."

하루히는 기분 좋게 잔을 받아들고선 선 자세로 허브티를 후루룩거리며 마셨다. 순수한 미소를 지으며 그 모습을 바라보고 있는 아사히나 선배.

불과 몇십 초 사이에 뜨거운 액체를 다 마신 하루히는 조금 전까지 짓고 있던 미소의 레벨을 두 배로 올렸다.

불길한 예감이 드는데. 뭔가 안 좋은 생각을 할 때의 미소다. 꽤 오래 알고 지낸 사이라 그 정도는 나도 눈치를 챌 수 있다.

문제는….

"아주 맛있었어, 미쿠루. 고맙다고 하긴 좀 뭐하지만 너한테는 조금 일찍 선물을 줄 게 있어."

"네, 정말요?"

눈을 반짝이는 가련한 메이드.

"이보다 더한 진실은 없을 정도로 사실이지. 달이 지구 주위를 돌고 지구가 태양의 주위를 도는 것만큼 사실이야. 갈릴레이를 믿지 않아도 상관은 없지만 내가 하는 말은 믿어.”

“아, 아, 네.”

그리고 하루히는 다시 가방으로 손을 뻗었다.

기척을 느끼고 고개를 돌리자 시선이 마주친 코이즈미가 씁쓸한 미소를 지으며 어깨를 치켜올렸다. 무슨 생각이냐고 묻고 싶었지만, 대충 이해가 갔다. 폼으로 하루히의 동료 역할을 반년 이상 해 온 게 아니다. 이 모습을 보고 상상을 못 하는 쪽이 이상한 것이다.

그렇다고 나는 생각했다.

문제는 하루히의 생각을 제어할 수 있는 인간이나 그런 효과가 있는 약이 이 세상 어디에도 없다는 사실이다. 누가 발명을 해준다면 개인적으로 1등 훈장을 주고 싶다.

“짜잔!”

유치한 효과음과 함께 하루히가 가방 바닥에서 마지막으로 꺼낸 크리스마스 아이템, 그것은—.

“그, 그건…?”

반사적으로 물러나는 아사히나 선배에게, 하루히는 애용하던 지팡이를 제자에게 전수하려는 늙은 마법사 같은 표정으로 말을 했다.

“산타야, 산타. 딱이지? 역시 이 시기니까 계절 한정 버전의 복장을 하지 않으면 아깝잖아. 자, 옷 갈아입는 거 도와줄게.”

완전히 후퇴 모드의 아사히나 선배를 서서히 궁지로 몰고 가는 하루히가 두 팔에 펼쳐들고 있는 것은 산타클로스의 의상, 바로 그 것이었다.

이리하여 나와 코이즈미는 동아리방 밖으로 내쫓겼고, 내부에서 벌어지고 있는 하루히에 의한 아사히나 선배 의상 교체 장면을 허무하게 망상만 하게 되었다.

"앗", "꺅", "와앗" 하는 비명과도 같은 소리가 괜한 상상력을 발동시켜 문 너머를 투시할 수 있지 않을까 하는 환각까지 불러일으켰다. 아니, 나도 이제 정말 본격적으로 위험한 수준인지도 모르겠다.

한참 환상 속에 잠겨 있는데,

"아사히나 씨에겐 참 안된 일입니다만."

시간이 남아돌았는지 코이즈미가 말을 걸어왔다. 복도 벽에 기대 팔짱을 끼고선 쓸모없는 면상과 좋은 자세를 자랑하는 이 녀석은 이렇게 말을 했다.

"스즈미야 씨가 즐거워하는 모습은 제게 안도감을 줍니다. 짜증을 내는 모습을 보는 게 제일 가슴 아픈 일이니까요."

"저 녀석이 짜증을 내면 그 묘한 공간이 발생해서 그러냐?"

코이즈미는 앞머리를 한 손의 약지로 쓸어올렸다.

"네, 그것도 있습니다. 저와 동료들이 무엇보다 두려워하는 것은 폐쇄 공간과 '신인'의 존재입니다. 간단해 보였을지 모르지만, 그래 봬도 상당히 힘들거든요. 고맙게도 올 봄 이후로 점점 출현 횟수는 줄어들고 있습니다만."

"그럼 그래도 아직은 가끔 나타난다는 거야?"

"가끔요. 요새는 심야에서 새벽 무렵에 주로 나타납니다. 스즈미야 씨가 잠들어 있는 시간이죠. 아마 안 좋은 꿈을 꿀 때 무의식중에 폐쇄 공간을 만드는 모양이에요."

"자고 있어도, 일어나 있어도 민폐만 끼치는 녀석이군."

"무슨 말씀입니까."

코이즈미치고는 제법 날카로운 목소리가 날아왔다. 솔직히 말해 조금 놀랐다. 코이즈미는 미소를 최대한도로 자제하고선 내게 강한 시선을 보냈다.

"당신은 모르시죠. 고등학교에 입학하기 전의 스즈미야 씨가 어 땠는지 말입니다. 우리가 관찰을 시작한 3년 전부터 키타 고등학교 에 오기까지, 그녀가 매일 즐겁게 웃는 모습은 상상도 할 수 없었습 니다. 모든 것은 당신을 만난 뒤로, 조금 더 솔직히 말하자면 당신 과 함께 폐쇄 공간에서 돌아온 뒤부터죠. 스즈미야 씨의 정신은 중 학교 시절과는 비교도 할 수 없을 정도로 안정되어 있습니다."

난 말없이 코이즈미를 쳐다보았다. 시선을 피하면 진다는 기분을 맛보며.

"스즈미야 씨는 분명히 변화하고 있습니다. 그것도 좋은 방향으 로요. 우리는 이 상태를 유지하고 싶습니다만 당신은 그렇지 않은 가요? 그녀에게 있어 이제 SOS단은 없어서는 안 될 모임이에요. 여기에는 당신이 있고 아사히나 씨가 있습니다. 나가토 씨도 필요 하고, 송구한 말이지만 저도 그럴 겁니다. 우리는 거의 일심동체 같 은 거예요."

그긴 너희 쪽 생각이겠지.

"그렇습니다. 하지만 절대로 나쁜 일은 아니잖아요? 당신은 몇 시간마다 '신인'을 만들어내는 스즈미야 씨를 보고 싶습니까? 제가 이런 말 하긴 뭐하지만 절대로 좋은 취미라고는 할 수 없을걸요."

내게 그런 취미는 없고 앞으로도 가질 생각은 없다. 그것만큼은 단언해둬야겠군.

코이즈미는 갑자기 표정을 풀었다. 다시 원래의 애매한 스마일 상태로 복귀했다.

"그 소리를 들으니 안심이 됩니다. 변화라고 하면 스즈미야 씨뿐만 아니라 우리들도 변화하고 있어요. 당신도, 저도, 아사히나 씨도요. 아마 나가토 씨도 그럴 겁니다. 스즈미야 씨 옆에 있으면 누구나 조금씩은 생각이 바뀌게 돼요."

난 고개를 돌렸다. 맞는 소리라서 그런 건 아니다. 내 자신에겐 그런 실감이 안 들었기 때문에 맞는 소리를 했다고 찔리고 자시고 느낄 수도 없다고. 의외로 느낀 것은 나가토가 조금씩 변화하고 있다는 사실을 이 녀석도 느끼고 있다는 것이다. 사기 아마추어 야구에 3년 전의 칠석, 꼽등이 퇴치에 고도의 살인극과 반복되는 여름방학…. 이런저런 일들을 허둥대며 경험해가는 사이, 나가토의 약간의 태도와 동작이 모든 것의 시작을 예고한 문예부 동아리방에서의 만남 이후 미미하게 변하고 있는 건 사실이다. 착각이 아니다. 나도 수제 망원경 수준의 관찰력은 있다. 생각해보면 그 섬에서도 그 녀석은 어딘가 좀 이상했다. 시민 풀장과 여름 축제에서도 그랬다. 영화 촬영에서 마법사 역할을 했던 것도 그렇지만, 컴퓨터 연구부와의 게임 대전에서는 더더욱 이상한 행동을 보였다. …하지만.

그건 좋은 일일까. 하루히는 둘째치고 내겐 그쪽이 더 중요하게 여겨진다.

"세계의 안정을 위해서라면."

코이즈미는 미소를 지으며 말했다.

"크리스마스 파티의 주최 정도야 우습죠. 게다가 즐겁기까지 하다면 제가 불만을 표현할 말은 단어집 어디를 찾아봐도 안 보이는데요."

반론할 말이 떠오르지 않는다는 사실에 왠지 울컥해하고 있는데,

"다 됐어!"

갑자기 문이 열렸다. 동아리방 문이 안으로 활짝 열려 그 문에 몸을 기대고 있던 나는 당연한 결과로 뒤구르기를 벌러덩 하고 말았다.

"히익?!"

목소리의 주인공은 나도, 하루히도 아닌 아사히나 선배였고 심지어 그 목소리는 위에서 들려왔다. 참고로 바로 누운 자세로 쓰러진 난 자연히 천장을 올려다보는 자세를 취하고 있었는데 천장은 보이지 않고 대신 다른 물체가 보였다.

"야, 쿈! 훔쳐보지 마!"

그렇게 소리친 것은 하루히였고,

"후왓, 아윽."

당황한 목소리를 내며 뒤로 펄쩍 뛰어 물러난 것은 아사히나 선배일 것이다. 모든 신들에게 맹세한다. 다리밖에 못 봤다.

"언제까지 누워 있을 거야! 어서 일어나!"

하루히에게 목덜미를 잡쳐 난 마침내 자리에서 일어났다.

"정말이지 변태 쿈! 미쿠루의 팬티를 훔쳐보려 하다니 2억5천6백 년은 멀었어! 고의로 그런 거지, 고의지!"

말도 채 마치기 전에 문을 연 네가 나쁘다. 이건 사고야. 사고라고요, 아사히나 선배—라고 말하려다 난 시선을 빼앗겼다. 대체 무

엇에 빼앗겼냐고 누가 묻겠는가?

"으아…."

뺨을 빨갛게 물들인 채 서 있는 아사히나 선배의 모습 이외에는 아무것도 없지.

하얀색으로 단 처리가 된 빨간 옷에 방울이 달린 빨간 모자…만을 몸에 걸친 아사히나 선배는 짧은 옷자락을 두 손으로 움켜쥐고 선 너무 부끄러워 촉촉해진 눈으로 날 바라보고 있었다.

어디를 살펴봐도 완벽하고 완전하며, 조금의 틈조차 찾아볼 수 없는 산타클로스의 모습이다. 망령의 경지에 도달한 늙은 산타가 몰래 손녀딸에게 집안을 물려줬고 그 손녀딸이 바로 지금 여기에 있는 아사히나 선배의 정체인 것이다.

그렇게 말한다면 8대 2의 비율로 믿어버릴 것이다. 내 동생이라면 틀림없이 믿을 거다. 확실하다.

"아주 좋군요."

감상을 말한 것은 코이즈미이다.

"죄송하지만 상투적인 어구밖에 떠오르질 않네요. 음, 아주 잘 어울립니다. 네, 정말요."

"그치?"

하루히는 아사히나 선배의 어깨를 안고선 어쩔 줄 몰라 하고 있는 산타 소녀의 얼굴에 뺨을 가져갔다.

"무지무지 귀여워! 미쿠루, 좀더 스스로에게 자신감을 가져. 앞으로 크리스마스 파티 때까지 넌 SOS단 전용 산타클로스야. 너한테는 그럴 자격이 있어!"

"히잉."

비참하게 한숨을 토해내는 아사히나 선배였지만 이것만큼은 하루히가 옳다. 아무도 반대할 자는 없겠지, 이런 생각을 하며 나가토를 보자 작은 몸집의 짧은 머리를 한 침묵의 소녀는 당연히 묵묵히 독서에 열중하고 있었다.

머리에 삼각뿔 모자를 쓴 채로.

그후 하루히는 우리를 정렬시키고선 그 앞에 서서 말했다.

"알겠지? 이 시기에는 거리에서 산타를 봐도 따라가거나 해선 안 돼. 녀석들은 가짜니까. 진짜는 지구상의 특정 제한 지역에만 나타나. 미쿠루, 넌 특히 조심해야 한다. 모르는 산타에게서 덥석 물건을 받거나, 하는 말에 고개를 끄덕이거나 하면 안 돼."

아사히나 선배를 억지로 가짜 산타로 만들어놓고선 그런 말을 할 건 또 뭐냐.

설마 이 녀석, 이 나이가 되어서도 내 동생처럼 예의 국제적 자원봉사 영감의 존재를 믿고 있는 건 아니겠지. 견우직녀에게 소원을 비는 메시지를 써 보내는 녀석이니 아주 아니라고 단언할 수는 없지만, 난 설마 아닐 거라고 생각했다. 무엇보다 이미 성 아사히나가 동아리방에 계시지 않은가. 진짜를 초월한 가짜가 여기에 있다. 그걸로 충분하지 않나. 이 이상 뭘 더 바란다면 북유럽 3국 중 어딘가에서 클레임을 걸어올 것이다.

내가 1년에 한 번만 일하는 게으른 노인의 어둠 속 자금원에 대해 생각하고 있는데.

"그래서 말야, 쿈. 크리스마스 파티를 성대하게 여는 건 그렇다 치고, 올해는 너무 늦게 깨달아서 그리스도의 생일만으로 넘어가겠지만 내년에는 석가랑 마호메트의 생일 파티도 해야 해. 안 그러면 불공평하잖아."

하는 김에 마니교와 조로아스터교의 시조 생일도 축하해주지. 신자도 아닌 녀석들이 축하해줘봤자 구름 위에 있을 그들한테는 쓴웃음만 나올 일일 테고, 하루히는 축하하기 위해 그러는 게 아니라 놀구실이 필요한 것뿐이니 피차일반이겠지만, 벌을 내릴 거라면 하루히한테만 주십시오. 난 그저 조금 도왔을 뿐이니까 말이죠.

이 경우 어느 신에게 변명을 해야 좋을지 생각하고 있는 날 무시한 채 하루히는 단장석에 자리를 잡았다.

"뭐가 좋을까? 전골? 스키야키? 게는 안 돼. 내가 별로 안 좋아하거든. 껍질에서 몸을 파내는 과정이 너무 짜증나. 왜 게는 껍질도 먹을 수가 없는 거지? 진화 과정에서 조금 더 공부를 했어야라고 말하고 싶다니까."

공부를 했으니 껍질을 획득한 거겠지. 녀석들은 너한테 먹히기 위해 바다 속에서 자연 도태된 게 아니라고.

코이즈미가 손을 들고선 이렇게 발언했다.

"그럼 가게를 예약해야겠군요. 이미 시즌으로 접어들고 있으니 서두르지 않으면 자리가 없을 겁니다."

이 녀석이 소개하는 가게에는 별로 가고 싶지 않은데. 또 묘한 가게 주인이 나와서 저녁식사 도중에 웃기지도 않은 살인 연극이 벌어질 수 있을 테니.

"아, 그건 걱정 안 해도 돼."

나와 같은 생각을 하고 있었는지 하루히는 웃으며 고개를 저었다. 그리고 한 말이.

"여기서 할 거니까. 필요한 건 다 있고 재료만 가져오면 돼. 그래, 그릇은 가져오는 게 좋겠다. 그리고 술은 절대 금지야. 난 이제 평생 술은 안 마실 거라고 마음속으로 맹세했으니까."

다른 걸 맹세하지 그랬어, 이런 생각을 했지만, 그것보다 더 그냥 흘려들을 수 없는 말이 나왔다.

"여기서 한다고?" 난 동아리방을 돌아보았다.

분명 냄비와 가스버너는 상비되어 있다. 냉장고도 있다. 모두 다 하루히가 SOS단의 여명기에 어디선가 가져온 것들인데, 설마 이 시기를 위해 준비해둔 건 아니겠지? 일단 버너는 아사히나 선배가 본격적으로 차를 타게 되었을 때 도움이 되었지만, 원래 학교 안에, 그것도 이런 낡은 건물에서 요리를 해도 될까. 생각할 필요도 없이 좋지 않다. 건물 내 화기 사용은 엄금이다.

"괜찮아."

하루히는 전혀 동요하지 않은 채, 조리사 면허도 없는데 실력만은 초등학생 요리사 같은 미소를 지으며 말했다.

"이런 건 몰래 숨어서 하는 게 재미있는 거지. 만약 학생회나 선생들이 찾아오면 내 멋진 전골 요리를 선보여주겠어. 그러면 걔네들도 너무 맛있어서 감격의 눈물을 흘리며 특례를 인정해줄 게 뻔하다니까. 백 퍼센트 확실하지. 완벽해."

귀찮은 거라면 질색하는 성격인 주제에 막상 행동을 개시하면 뭐든 남들보다 뛰어난 실력을 발휘하는 하루히이니까 요리 실력도 큰소리칠 정도는 될 것이다. 하지만 전골 요리라고? 대체 언제 결정난 거야? 얘기 흐름상 봐서 게는 아닌 것 같았는데, 희망 사항을 받는 척하다 자기 멋대로 결론을 내리다니—뭐 늘 있는 일이니 신경 쓰지 말자….

　이러한 일이 어제 있었다. 타니구치에게 대강 얘기하는 사이 학교에 도착했다.

　"크리스마스 파티라."

　교문을 통과하며 타니구치는 미소를 지었다.

　"스즈미야가 할 법한 짓이군. 동아리방에서 전골 파티라. 뭐, 정말 선생들한테 들키지 않게 조심해라. 또 귀찮아질 수 있으니까."

　"뭐하면 너도 올래?"

　사정 설명을 한 것도 있어 일단 말을 해보았다. 하루히도 타니구치라면 신경을 쓰지 않을 것이다. 이 녀석과 쿠니키다, 츠루야 선배 셋은 어려울 때 머릿수를 채워주는 트리오이다.

　하지만 타니구치는 고개를 저었다.

　"이거 미안하게 됐네, 쿈. 그날의 난 시시한 전골 따위나 먹고 있을 시간이 없거든. 으키키."

　뭐냐, 그 기분 나쁜 웃음은.

　"있잖아, 크리스마스이브에 자기들끼리 모여서 전골이나 뒤적이고 그러는 건 인기 없는 녀석들이나 하는 짓이야. 안타깝지만 난 이미 그쪽 인간이 아니게 되었다."

　설마.

　"그 설마가 사람을 잡은 거지. 내 스케줄 수첩의 24일에는 빨간 하트 마크가 새겨져 있다고. 미안하다. 정말 미안해. 진짜로 진짜로 미안하게 됐다."

　어떻게 이럴 수가. 내가 하루히와 SOS단 녀석들과 조촐한 놀이를 하고 있는 사이 타니구치 멍청이 녀석에게 여자친구가 생겼을 줄이야.

"누구냐?"

될 수 있는 한 비꼬는 소리로 들리지 않도록 애를 쓰며 물었다.

"코요엔 여고 1학년이야. 무난하지?"

코요엔 학원. 산 아래쪽 역 앞에 있는 여고 말이냐. 바로 우리들이 땀을 뻘뻘 흘려가며 등산을 시작하는 출발 지점에 있는 학교라, 검은 재킷 교복을 입은 여자애들이 무슨 군주의 행렬처럼 걸어가는 모습을 아침마다 보게 된다. 비교적 수준 높은 아가씨들이 다니는 학교로 유명한데, 그보다 살인적인 언덕길을 걸어가지 않아도 된다는 건 부러운 얘기다. 아니, 타니구치가 부럽다는 건 아니다.

"잘된 거 아냐? 너한테는 스즈미야가 있잖아. 전골이라… 그 녀석이 만드는 거냐? 전골을 직접 만든다고 뭐 맛이 달라질 게 있겠냐만 배는 부르겠지. 부럽다, 콘."

이 자식, 크리스마스이브 얘기를 왜 꺼내나 싶었더니 자기 자랑하고 싶어서였잖아.

"아, 어딜 가볼까 슬슬 계획을 짜야겠네. 고민되는걸."

난 화가 났다. 그래서 아무 말도 하지 않았다.

이날이 방과 후에는 별일이 없었다. 하루히가 새로이 가져온 장식들을 동아리방 곳곳에 거는 작업에 나와 코이즈미가 투입되었고 하루히는 손가락을 들어 지시만 내렸다. 아사히나 선배는 산타 차림으로 차를 담당하며 마스코트 상태, 오늘도 삼각뿔 모자가 장착된 나가토는 묵묵히 양장본 책을 읽고 있다.

그걸로 하루가 끝났다. 전골의 내용은 아직 결정되지 않았다. 그러다 날 짐꾼으로 쇼핑에 데리고 가기로 결정이 된 듯했다. 대체 무슨 전골을 만들려는 걸까. 지뢰밭 전골 요리는 음모의 냄새가 나니 그만뒀으면 하는 바람인데….

이거 프롤로그치고는 너무 길군. 하지만 이상의 일은 정말 진짜 프롤로그에 불과했다. 본제는 이제부터, 이튿날부터 시작된다. 어쩌면 오늘 저녁에 이미 시작되었을지도 모르지만, 그건 아무래도 좋다.

이 다음날, 산바람에 몸이 꽁꽁 얼어버릴 것만 같은 12월 18일. 나를 공포라는 이름의 나락으로 떨어뜨리는 일이 일어났다.

미리 말해두겠다.

내게는 전혀 웃을 수 없는 일이었다.

제1장

　아침, 난 여느 때와 같이 동생의 필살 이불 젖히기에 의해 한쪽 구석에서 모포에 싸여 있던 얼룩 고양이와 함께 일어나게 되었다. 어머니의 명령을 충실히 수행하는 이른 아침의 자객, 그것이 동생이다.

　"엄마가 아침밥은 꼭 먹으래."

　방긋방긋 웃으며 말을 하고는 동생은 침대에 몸을 말고 있는 고양이를 안아 들고 귀 뒤에 코끝을 댔다.

　"샤미도 밥 먹어야지."

　문화제 이후로 우리 집에서 키우게 된 샤미센은 멍한 얼굴로 하품을 하고선 앞발을 핥았다. 원래는 수다쟁이 고양이였던 이 얼룩 고양이는 완전히 말을 잃고 단순한 애완동물의 지위를 우리 집에서 구축해가고 있었다. 지금 생각해보면 이 녀석이 인간의 말을 했던 것은 뭘 잘못 들었던 게 아니었을까 싶을 정도로 흔해 빠진 고양이가 되어 있었다. 인간의 말과 함께 고양이의 말도 잊어버렸는지, 거의 울지를 않는 것은 시끄럽지 않아서 좋았지만 어떻게 된 연유에서인지 내 방을 침실로 삼고 있어, 샤미센과 놀고 싶어하는 동생이 빈번하게 내 방을 찾게 된 점은 참 끔찍하다.

"샤미, 샤미, 밥 먹어야지."

엉뚱한 멜로디를 붙여 노래를 부르며, 동생은 고양이를 묵직하게 안아들고 방을 나갔다. 난 아침의 냉기에 소름이 돋는 것을 느끼며 시계를 노려보고는 따뜻한 침대에 대한 미련을 모두 내던지고 몸을 일으켰다.

그리고 옷을 갈아입고 세수를 마치고선 거실에서 5분 만에 아침 식사를 마친 뒤 동생보다 두 걸음 정도 앞서 현관을 나섰다. 오늘도 여전히 춥다.

여기까지는 평소와 똑같았다.

평소와 같이 언덕길을 오르고 있는 내 눈에 익숙한 뒤통수가 들어왔다. 10미터 정도 앞서 걷고 있는 그 모습은 바로 타니구치였다. 여느 때 같았으면 경쾌하게 등산로를 올랐을 텐데 오늘은 무척 천천히 걸어가고 있다. 바로 쫓아갔다.

"여, 타니구치."

가끔은 내가 먼저 어깨를 쳐주는 것도 나쁘지는 않겠다는 생각에 그렇게 했는데.

"…음, 쿈이냐."

목소리가 탁한 것도 당연한 것이, 타니구치는 하얀 마스크를 장착하고 있었다.

"왜 그래? 감기야?

"응…?" 타니구치는 나른한 듯 말했다. "보다시피 감기 모드다. 사실은 쉬고 싶었는데 아버지가 하도 시끄럽게 굴어서."

어제까지 그렇게 기운이 넘치던 녀석이 갑자기 웬 감기냐.

"무슨 소릴 하는 거야? 어제도 안 좋았다고. 콜록콜록."

기침을 하는 타니구치의 나약한 모습이 워낙에 낯설어 나까지 이상해진다. 그런데 어제도 감기에 걸린 상태였다고? 내 눈에는 평소와 다를 거 하나 없이 기운 넘쳐 보였는데.

"음…. 그랬냐? 상태가 좋은 건 아닌데."

고개를 갸웃거리는 타니구치에게 난 심술궂은 웃음을 지으며 말했다.

"이브에 선약 있다고 신나서 얘기했잖아. 뭐, 데이트 전까지는 다 나아라. 그런 기회는 좀처럼 없을 테니까."

하지만 타니구치는 더욱 고개를 갸웃거렸다.

"데이트? 무슨 소릴 하는 거야? 콜록. 이브에는 아무 선약도 없어."

무슨 소릴 하는 거냐는 내가 할 말이다. 코요엔 여고의 애인은 어떻게 된 거야? 혹시 어젯밤에 차인 거야?

"야, 콘, 너 진짜 무슨 소릴 하는 거야? 난 처음 듣는 소린데."

타니구치는 뚱하니 입을 다물고선 다시 앞을 보았다. 아무래도 감기 증상이 심각한 듯 약한 모습이 연기는 아닌 것 같다. 그리고 이 상태로는 데이트가 끝장이 난 것도 당연할 테니 우울하기도 하겠지. 그렇게 자랑을 하자마자 이 꼴이 됐으니 내 얼굴을 보는 것도 괴로울 거다. 그래, 그래.

"실망하지 마라."

난 타니구치의 등을 밀었다.

"역시 전골 파티에 참가할래? 아직 늦지 않았는데."

"전골이라니? 어디서 하는 파티인데? 난 못 들었는데…."

아아, 그래. 당분간은 무슨 소리를 해도 귀에 들어오질 않을 정도로 충격이겠지. 그럼 나도 물러나마. 모든 건 시간이라는 위대하고도 유구한 흐름이 해결해줄 거다. 아무 말 하지 말자.

천천히 걸어가는 타니구치에게 맞춰 나도 느릿느릿 언덕길을 올라갔다.

아무래도 이 시점에서 깨닫는 것은 아직 무리였다.

놀랍게도 어느 사이엔가 1학년 5반에는 감기가 만연하고 있는 듯했다. 종소리가 울리기 직전에 교실에 들어갔는데 빈자리가 여럿 있었고, 반 애들 가운데 20퍼센트 정도가 하얀색 마스크를 쓰고 있었다. 애들의 잠복기간과 발병 시기가 같았다고밖에 볼 수 없었다.

더 놀란 것은 내 바로 뒷자리가 1교시가 시작되어도 여전히 빈 채로 남아 있었다는 사실이었다.

"이런 일이."

하루히까지 아파서 결석한 건가. 올해의 감기는 그렇게 독한가? 그 녀석의 몸 속에 침입하는 용기 있는 병원균이 있을 줄이야. 게다가 하루히가 세균이니 바이러스 같은 것한테 패배를 인정할 줄이야, 정말 생각하기 힘든 사건이다. 새로운 계략이 떠올라 실행 준비 중이라고 생각하는 게 훨씬 더 이해가 간다. 전골말고도 또 뭔가를 할 생각일까.

아무래도 교실 안의 공기가 썰렁한 것은 난방이 없어서 그린 것만은 아닌 듯하다. 갑자기 결석자가 늘어날 줄이야. 5반의 총인구까지 준 것 같은 기분이 든다.

하루히의 기척이 뒤에서 전해지지 않는 것도 그렇지만, 왠지 공기가 다른 것 같다는 느낌이 들었다.

그렇게 조용히 수업을 받고 순조로이 점심시간이 되었다.

내가 차갑게 식은 도시락을 가방에서 꺼내고 있는데 쿠니키다가 점심을 한 손에 들고 찾아와 내 뒷자리에 앉았다.

"쉬는 시간이니까 여기에 앉아도 되겠지?"

도시락 용기를 감싼 천을 풀면서 말했다. 고등학교에 들어와 같은 반이 된 이후로 이 녀석과 점심을 먹는 것이 거의 습관으로 자리 잡고 있다. 또 다른 점심 동료인 타니구치는 어디 있는지 찾아보니, 오늘은 학생 식당에 갔는지 보이질 않았다.

난 의자를 옆으로 돌리며,

"갑자기 감기가 유행하네. 안 옮으면 좋겠다."

"응?"

조심스럽게 도시락을 쌌던 천 위에 용기를 놓고 내용물을 음미하고 있던 쿠니키다는 의아한 표정을 지으며 날 쳐다보았다. 젓가락을 게 집게발처럼 움직이며 말했다.

"감기라면 1주일 전부터 유행 조짐이 보였는데. 독감은 아닌 것 같다만 차라리 그게 더 나을 거야. 지금은 특효약이 있으니까."

"1주일 전부터?"

도시락에 든 시금치 달걀말이를 자르던 손을 멈추고, 난 되물었다.

지난주의 이맘때에 누가 감기균을 뿌리는 행위를 한 것 같지는 않은데. 결석자는 없었고 수업 중에 기침을 하던 녀석이 있었던 기억도 없다. 1학년 5반의 모든 사람들이 건강해 보였는데 내 시야가 미치지 않는 범위에서 몰래 병마가 진행되고 있었다는 소린가.

"어? 결석한 애들도 많이 있었는데. 너 몰랐냐?"

"전혀 몰랐다. 그게 사실이냐?"

"응, 사실이야. 이번 주 들어 더 심해졌지. 휴교만은 피했으면 좋겠어. 겨울방학이 깎이는 것 같잖아."

밥을 입에 가져가는 쿠니키다에게,

"타니구치도 요새 힘들어하고 말이지. 병은 정신력으로 고치라는 게 걔네 아버지 방침이라서, 40도를 넘지 않으면 학교를 쉴 수도 없다나봐. 더 악화되기 전에 어떻게든 해야 할 텐데 말야."

난 젓가락을 멈췄다.

"쿠니키다, 미안한데 내 눈에는 타니구치가 힘들어 보이는 건 오늘부터라고 생각되거든."

"어, 아냐. 이번 주 초부터 저런 상태였잖아. 어제는 체육 수업도 빠졌고."

점점 혼란스러워졌다.

잠깐만, 쿠니키다. 너 지금 무슨 소리를 하는 거냐. 내가 기억하고 있는 한도 내에서 어제 체육 수업 때 타니구치는 무슨 마약이라도 한 게 아닐까 싶을 정도로 발랄하게 축구 시합을 했는데. 상대팀에 있던 내가 몇 번이나 녀석의 다리에 슬라이딩 태클을 먹었으니 틀림없다. 타니구치에게 여자친구가 생겼다고 꼬인 건 아니었지만, 그런 줄 알고 있었다면 조금은 자제를 했을걸.

"그랬나? 어라, 이상하다."

쿠니키다는 당근 조림을 빼내면서 고개를 갸웃거렸다.

"내가 잘못 봤나?"

태평한 목소리다.

"으음, 하지만 나중에 타니구치한테 물어보면 될 거야."

오늘은 대체 어떻게 된 걸까. 타니구치도, 쿠니키다도 안개 속에 감싸여 있는 듯한 소리를 하는데다 하루히까지 결석이다. 하루히를 제외한 전 인류에게 문제가 발생하고 있다는 전조는 아니겠지. 있을 리가 없는 나의 제6감이 경계경보를 발령하기 시작했고 목덜미 뒤로 묘한 냉기가 흘렀다.

그 예감은 맞았다.

내 감도 아주 쓸모없는 건 아니었다. 그것은 바로 전조였다. 감으로 알아차리지 못했던 것은 곤란해하는 사람이 누구냐였다. 하루히를 제외한 전 인류…가 아니라 이 사태가 발생하고 있는 것을 깨닫고 곤란해한 것은 의외로 딱 한 명이었다. 그 한 사람을 제외한 전 인류는 아무 문제가 없었다. 왜냐하면 사태의 발생 자체를 깨닫지 못하고 있기 때문이다. 인식 밖에 있는 것을 인식한다는 것은 불가능한 일이다. 그들에게 있어 세계는 아무것도 변한 게 없었다.

그럼 누가 곤란하게 되었는가.

말할 필요도 없다.

나다.

나만이 황당의 한가운데 서서 멍하니 세계에서 뒤처지게 되었던 것이다.

그렇다, 난 이제야 깨달았다.

12월 18일 점심시간.

형태를 갖춘 끔찍한 전조가 교실 문을 열었다.

와아 하는 함성 소리가 교실 앞쪽 문 근처에 있던 몇 명의 여자애들에게서 일었다. 들어온 반 친구의 모습을 확인하고 낸 소리인 듯했다. 우르르 몰려드는 세일러복 차림의 무리 사이로 뒤늦게 등교한 그 녀석의 모습이 언뜻 보였다.

학생 가방을 한 손에 든 그 녀석은 달려온 친구들에게 미소를 지었다.

"응, 이제 괜찮아. 오전에 병원에서 링거를 맞았더니 금방 좋아지더라. 집에 있어도 할 일이 없어서 오후 수업만이라도 받으려고 나왔어."

감기는 좋아진 거야? 라는 질문에 대답하며 부드럽게 미소를 지었다. 그리고 짧은 담소를 나눈 뒤 긴 머리를 흔들며 천천히… 이리로—걸어—왔다.

"아, 비켜야겠다."

쿠니키다는 젓가락을 입에 물고 몸을 일으켰다. 나는 성대의 발성 기능을 통째로 몰수당한 것처럼, 산소를 들이마시는 것조차 잊고 그 녀석의 모습을 응시하고 있었다. 무한한 시간처럼 느껴졌지만 실제로는 몇 발자국도 걷지 않았을 것이다. 걸음을 멈췄을 때 그 녀석은 내 바로 옆에 서 있었다.

"왜 그래?"

날 보며 의아하다는 듯 상투적인 어구를 토해낸다.

"유령이라도 본 듯한 얼굴이네? 아니면 내 얼굴에 뭐라도 묻은 거야?"

그리고 그릇을 정리하려는 쿠니키다에게 말했다.

"아, 가방만 걸어두면 되니까 계속 식사해. 난 점심 먹고 왔으니까. 점심시간 동안엔 자리 빌려줄게."

그 말 그대로 그 여학생은 가방을 책상 옆 고리에 걸고선 친구들이 기다리고 있는 쪽으로 몸을 돌렸다.

"잠깐만."

내 목소리는 아마 갈라져 있을 것이다.

"왜 네가 여기에 있는 거지?"

그 녀석은 몸을 돌려 시원스런 시선을 내게 던졌다.

"무슨 소리야? 내가 있으면 안 돼? 아니면 내 감기가 더 오래 끌었으면 좋겠다는 소리야? 그게 무슨 말이니?"

"그게 아니라. 감기는 아무래도 좋아. 그런 말이 아니라⋯."

"콘."

걱정스럽다는 듯 쿠니키다가 내 어깨를 쳤다.

"정말 이상하다. 아까부터 네가 하는 말이 다 이상해."

"쿠니키다, 넌 이 녀석을 보고 아무렇지도 않냐?"

참지 못하고 자리에서 일어난 나는 신기한 것을 보는 듯한 눈으로 날 보고 있는 그 녀석의 얼굴을 가리켰다.

"이 녀석이 누구인지 너도 알고 있지? 여기에 있을 리가 없는 녀석이잖아!"

"⋯콘, 너 잠깐 쉬었다고 반 친구 얼굴까지 잊어먹다니 실례다. 있을 리가 없다니 무슨 소리야? 계속 같은 반이었잖아."

어떻게 잊겠는가. 과거의 살인 미수범을, 나를 죽이려 했던 녀석의 얼굴을 망각하기에 반년이 약간 넘는 시간은 너무나도 짧다.

"알았어."

그 녀석은 끝내주게 웃기는 농담을 떠올렸다는 듯 활짝 미소를 지었다.

"도시락을 먹으며 졸고 있었던 거지? 안 좋은 꿈이라도 꾼 거 아냐? 아마 그럴 거야. 이제 정신 좀 들어?"

예쁜 얼굴에 미소를 지으며 "그치?"라고 쿠니키다에게 동의를 구하는 그 녀석은 내 뇌리에 각인되어 아직까지 지워지지 않는 여자의 모습을 하고 있었다.

다양한 영상이 되살아난다. 저녁놀에 물든 교실─바닥에 길게 뻗은 그림자─창문이 없는 벽─일그러진 공간─휘둘러지는 칼─희미한 미소─서서히 무너져 내리는 모래와도 같은 결정….

나가토와 싸운 후 패해 소멸되어, 표면상으로는 캐나다로 전학을 간 것으로 되어 있는 과거의 반장.

아사쿠라 료코가 있었다.

"세수하고 오면 좀 시원해질 거야. 손수건 있어? 빌려줄까?"

치마 주머니에 손을 넣은 아사쿠라를 난 손을 들어 제지했다. 거기서 나올 물건이 손수건이라고 단정할 수는 없다.

"됐어. 그보다 어떻게 된 건지 가르쳐주라. 모든 걸. 특히 왜 네가 하루히 자리에 가방을 놓는 건지 말해줘. 그건 네 책상이 아냐. 하루히 거다."

"하루히?"

아사쿠라는 눈썹을 찡그리며 쿠니키다에게 물었나.

"하루히가 누구야? 그런 애가 있던가?"

그리고 쿠니키다도 절망적인 대답을 건넸다.

"못 들어봤는데. 하루히라, 어떻게 쓰는데?"

"하루히는 하루히야."

난 현기증을 느끼며 속삭였다.

"너희들, 스즈미야 하루히를 잊었냐? 어떻게 하면 그런 녀석을 잊을 수가 있지…."

"스즈미야 하루히…, 으음, 콘."

쿠니키다는 달래듯 부드러운 목소리로 천천히 내게 말했다.

"이 반에는 그런 사람 없어. 그리고 이 자리는 요전의 자리 이동 때부터 아사쿠라의 자리라고. 다른 반이랑 착각하고 있는 거 아냐? 그런데 스즈미야란 이름은 전혀 못 들어봤는데. 아마 1학년에는 없을 거야…."

"내 기억에도 없어."

아사쿠라도 내게 요양을 권하고 있는 듯했다. 부드러운 목소리로 말했다.

"쿠니키다, 잠깐 책상 안 좀 봐줄래? 구석에 반 명부가 있을 거야."

난 쿠니키다가 꺼낸 작은 책자를 펼쳤다. 제일 먼저 펼친 것은 1학년 5반 페이지. 여자애들 이름이 쭉 적힌 열에 손가락을 갖다 댔다.

사에키, 사카나카, 스즈키, 세노….

스즈키와 세노 사이에는 아무런 이름도 없었다. 스즈미야 하루히의 이름이 반 명부에서 지워져 있었다. 누구를 찾고 있는 거야? 그런 녀석은 처음부터 없었다고 페이지가 말하고 있는 것 같아 난 명부를 닫고 그와 동시에 눈도 감아버렸다.

"…쿠니키다, 부탁이 있다."

"뭔데?"

"뺨 좀 꼬집어줘. 정신을 차리고 싶다."

"그래도 되냐?"

있는 힘껏 꼬집혔다. 아팠다. 그래도 정신은 들지 않는다. 눈을 떴을 때 아사쿠라는 아직 그곳에 서서 입술에 반원을 그리고 있었다.

뭔가가 일어나고 있다.

정신을 차리고 보니 우리는 반 아이들의 주목의 대상이 되어 있었다. 마치 디스템퍼(주2)에 걸린 늙은 들개를 보는 듯한 시선이 내게 집중되어 있다. 젠장, 어떻게 된 거냐. 난 아무것도 틀린 말 한 게 없는데.

"젠장."

난 가까이 있던 몇 명에게 두 개의 질문을 퍼부었다.

스즈미야 하루히는 어디에 있지?

아사쿠라 료코는 전학을 갔을 텐데.

얻어진 답은 전혀 기분 좋은 것이 아니었다. 모두 다 입을 맞추기라도 한 듯,

"몰라."

"안 했어."

라고 대답했고, 내 현기증은 구토를 동반하게 되었다. 현실 상실 감각의 강렬한 습격을 받고 가까이 있던 책상에 손을 짚고선 몸을 지탱해야 했다. 정신의 어딘가가 무너져버린 듯한 느낌이 들었다.

아사쿠라가 내 팔에 손을 대고선 걱정스러운 듯 살폈다. 그 머리카락에서 풍기는 향기로운 냄새가 내게는 마약같이 느껴졌다.

주2) 디스템퍼: 개에게서 발생하는 급성 전염병.

"보건실에 가는 게 좋겠다. 몸이 안 좋을 때는 그럴 수도 있어. 그래, 그럴 거야. 감기에 걸린 거 아니니?"

아냐!

난 큰 소리로 외치고 싶었다. 이상한 건 내가 아니라 이 상황이다.

"놔줘."

아사쿠라의 손을 뿌리치고 난 교실 밖으로 향했다. 피부를 통해 막연하게 느껴지던 위화감이 머릿속으로 침투해 들어간다. 갑자기 만연한 감기, 쿠니키다와 나누었던 앞뒤가 안 맞는 대화, 명부에서 사라진 하루히의 이름, 아사쿠라의 등장…이라고? 하루히가 없어졌다? 아무도 기억하지 못해? 그럴 리가. 이 세계는 그 녀석을 중심으로 돌아가고 있는 것 아니었어? 우주 규모의 요주의 인물, 그게 그 녀석 아니었냐.

비틀거리는 발길을 격려하며 난 기어가듯 복도를 나아갔다.

제일 먼저 떠오른 것은 나가토의 얼굴이었다. 그 녀석이라면 사정을 설명해줄 것이다. 과묵한 만능 우주인 안드로이드인 나가토 유키라면. 언제나 그 녀석은 모든 것을 해결해주었다. 난 나가토 덕분에 살아 있다고 해도 과언이 아니다.

나가토라면.

이 나를 궁지에서 구해줄 것이다.

나가토의 반은 가까웠다. 달릴 필요도 없이 몇 초면 도착이다. 아무 생각도 할 수 없는 상태로 난 문을 열고 작은 몸집의 커트 머리를 찾았다.

없다.

하지만 절망하기에는 아직 이르다. 점심시간이면 녀석은 대개 동아리방에서 책을 읽고 있다. 교실에 없다고 해서 나가토까지 사라졌다고 보는 건 성급한 판단이다.

다음으로 떠오른 것이 코이즈미였다. 구관에 있는 문예부실은 여기서 가기에는 멀다. 아사히나 선배가 있는 2학년 건물도 맞은편이다. 1층 아래의 1학년 9반에 가는 편이 빠르다. 코이즈미 이츠키, 거기 꼭 있어라. 이렇게나 코이즈미의 싱글거리는 면상을 보고 싶었던 적이 없었다.

복도를 빠르게 달려가 계단을 풀쩍 뛰어내려 건물 구석에 있는 1학년 9반으로 가면서 난 그곳에 초능력 소년이 있기를 기도했다.

7반 앞을 지나고, 8반도 통과한 다음 자리에 1학년 9반이….

"…이게 뭐야."

겨우 걸음을 멈추고 다시 한 번 벽에 걸려 있는 팻말을 돌아보았다. 1학년 8반 왼편이 7반. 그리고 8반의 오른편에는―.

비상계단으로 이어지는 복도가 있을 뿐이었다.

없다. 흔적도, 그림자도.

"아무리 그래도 이런 법은 없잖아…."

코이즈미는커녕.

9반 자체가 없어졌던 것이다.

완전 항복이다.

어제까지 있었던 교실이 없다니 누가 상상이나 할 수 있겠나. 사람 하나가 행방불명이 된 게 아니라고. 반 전체가 사라지고 건물 자체가 줄어들었다. 하룻밤 사이에 강행 공사를 했다고 보기는 힘들다. 9반 녀석들은 어디로 사라진 거지?

극히 망연자실한 바람에 난 시간 감각을 잃어버리고 있었다. 얼마나 거기에 서 있었을까. 등을 찌르는 느낌에 겨우 의식을 되찾기는 했지만, 멍한 내 귀에 들어온 것은 교과서를 든 마시멜로 맨 같은 생물 선생의 목소리였다.

"뭐 하는 거죠? 수업 시작됐어요. 교실로 돌아가요."

쉬는 시간이 끝났음을 알리는 종소리조차 못 들었던 것이다. 복도에는 아무도 없었고 7반 교실에서는 선생님의 힘찬 목소리가 새어나오고 있었다.

난 비틀거리며 이동을 개시했다. 전조를 확인하는 시간은 끝났다. 이미 일어나버린 것이다. 있을 리가 없는 녀석이 존재하고, 없어선 안 되는 녀석이 없다. 아사쿠라 한 명에 하루히와 코이즈미 및 9반 학생들이라니, 교환하기에는 크기가 너무 안 맞는다.

"어떻게 된 거야."

내가 미친 게 아니라면 마침내 세계가 미쳐버린 것이다.

누가 그렇게 만든 거지?

하루히, 너냐?

덕분에 오후 수업을 하나도 못 들었다. 어떤 소리도, 소음도 내 귀를 그대로 통과했고 뇌세포에 아무 정보도 심지 못한 채 정신을 차리고 보니 종례도 끝나 방과 후였다.

난 두려워하고 있었다. 뒷자리에서 샤프를 놀리고 있는 아사쿠라보다 하루히와 코이즈미가 학교에 없다는 사실을 말이다. 다른 누구에게 다시 확인하는 것조차 너무나 싫었다. "그런 애는 모르는데"

라는 소리를 들을 때마다 나는 점점 바닥이 보이지 않는 늪으로 가라앉는다. 의자에서 일어날 기력조차 생기질 않는다.

타니구치는 냉큼 하교했고 나를 약간은 걱정하고 있던 쿠니키다도 이미 집에 갔으며, 아사쿠라는 여자애들 몇 명과 잡담을 나누면서 교실을 나섰다. 나서면서 나를 돌아보는 눈에는 기운 없는 반 친구를 진심으로 걱정하는 빛이 담겨 있어 더더욱 내 머리를 어지럽게 했다. 모든 것이.

청소 당번 녀석들에게 이끌리듯, 난 겨우 가방을 한 손에 들고 복도로 나섰다.

어차피 방과 후에 내가 있을 곳은 이곳이 아니다.

그리고 힘없이 계단을 내려가 1층에 도착한 나는 그곳에서 한 줄기 광명을 발견하고 달려갔다.

"아사히나 선배!"

이렇게 기쁜 일이 또 있을까. 내 여신 겸 안정 피로 회복제가 맞은편에서 걸어오고 있었다. 더욱 기쁜 것은 동안 글래머 미소녀 옆에 츠루야 선배까지 있다는 사실이었다. 너무 기뻐 기절할 것 같았다.

―조금 더 신중해야 했다.

내가 생각해도 너무 빠른 속도로 두 선배를 향해 달려간 나는 눈을 크게 뜨고 있는 아사히나 선배의 두 어깨를 덥석 움켜쥐었다.

"히익!"

경악하는 얼굴을 보고는 있었지만, 내 입은 멋대로 말을 내뱉었다.

"하루히가 없어요! 코이즈미는 표류 교실(주3)이 되었고요! 나가

주3) 표류 교실: 우메즈 카즈오의 작품으로 학교 전체가 어느 날 다른 시간대로 표류되어 겪는 과정을 그린 만화.

토는 아직 확인하지 못했지만, 아사쿠라가 있고, 아무래도 학교 전체가 좀 이상해요. 선배는 제 아사히나 선배 맞죠?!"

툭, 쿵. 아사히나 선배가 갖고 있던 가방과 붓글씨 세트가 바닥에 떨어지는 소리다.

"네? 아. 힉. 저. 그, 저기⋯."

"그러니까 당신은 미래에서 온 아사히나 선배죠?!"

그 말에 아사히나 선배는.

"⋯미래요? 무슨 말인가요? 그보다 놔주⋯세요."

위가 오그라든다. 아사히나 선배가 날 보는 눈은 길들여지지 않은 임팔라가 야생의 재규어를 보는 눈이었다. 확연한 공포의 빛을 띠고 있었다. 그것은 바로 내가 가장 두려워하고 있던 빛이다.

놀라 말을 잃고 있는데 한 손이 뒤로 꺾였다. 관절이 기분 나쁜 소리를 낸다. 아파.

"어이, 소년!"

츠루야 선배가 내 손에 고류 무술계의 기술을 걸고 있었다.

"갑자기 이러면 쓰나. 보라고, 우리 미쿠루가 완전 겁먹고 있잖니."

목소리는 웃고 있었지만 눈이 키쿠이치몬지(주4)처럼 진지했다. 그 소리를 듣고 보니 아사히나 선배는 촉촉하게 젖은 눈으로 몸을 뒤로 빼고 있었다.

"1학년의 미쿠루 팬클럽이냐? 일에는 순서라는 게 있는 법이야. 혼자 앞서 나가는 건 좋지 않다고."

오늘 몇 번째인지 알 수 없는 정신적 오한이 등을 타고 흘러내렸다. 난 한 손이 뒤로 꺾인 상태로 말했다.

주4) 키쿠이치몬지: 카마쿠라 시대에 만들어진 일본도의 명칭.

"저어, 츠루야 선배…?"

츠루야 선배는 날 쳐다보았다. 마치 전혀 모르는 남을 보는 듯한 눈으로.

선배도예요, 츠루야 선배?

"어? 날 알아? 그런데 댁은 뉘신지? 미쿠루랑 아는 사이야?"

보고 싶지 않은 것을 보고 말았다. 츠루야 선배의 뒤에 숨어 몸을 웅크리고 있던 아사히나 선배가 날 뚫어져라 쳐다보며 설레설레 고개를 저은 것이다.

"모, 모, 몰라요. 저어, 사람을 잘못 본 게…."

슬슬 한 해도 다 지나갈 무렵인데, 올해로 끝이라는 선언을 들은 듯한 기분이 들어 눈앞이 캄캄해졌다. 누가 뭐라고 해도 난 흔들리지 않겠지만, 아사히나 선배의 그런 말을 듣는 건, 어릴 적에 동경하던 연상의 사촌 누나가 남자랑 사랑의 도피를 했던 이래로 충격이었다.

아사히나 선배에게 아사히나 선배라고 부르며 달려들었는데 잘못 볼 리가 있겠냐. 이 아사히나 선배가 다른 곳에 있는 아사히나 선배라면 얘기는 다르지만…. 아, 맞다. 선배가 정말로 내가 알고 있는 아사히나 선배인지 아닌지 판별할 방법이 있잖아.

"아사히나 선배."

자유로운 한 손으로 내 가슴팍을 가리켰다. 이건 미친 짓이었다. 난 다음과 같이 말했다.

"선배 가슴 이쯤에 별 모양의 점이 있을 겁니다. 있죠? 가능하다면 그걸 보여줄 수—"

세게 얻어맞았다.

아사히나 선배에게. 주먹으로.

내가 던진 말에 멍한 표정을 짓고 있던 아사히나 선배는 점점 얼굴이 빨개지더니 이내 눈물을 글썽이면서 느릿하고 서투른 동작으로 라이트 스트레이트를 내 안면에 작렬시켰고,

"…윽."

오열하듯 소리를 내며 달려갔다.

"앗, 미쿠루. 할 수 없군. 어이, 소년. 너무 괴롭히면 못써. 미쿠루는 소심한 성격이니까! 다음에 또 이런 짓 하면 내가 천벌을 내릴 거다."

츠루야 선배는 마지막으로 내 손목을 끔찍하게 세게 쥐더니, 바닥에 떨어뜨린 가방과 붓글씨 가방을 들고 아사히나 선배의 뒤를 쫓아 달려갔다.

"기다려, 미쿠루."

"……."

망연히 그 모습을 바라보는 내 머릿속에는 차가운 겨울바람이 불고 있었다.

이젠 다 끝이다.

내일까지 목숨을 보전할 수 있을까. 아사히나 선배를 울리고 말았다는 사실이 학교에 알려진다면 미친 듯 달려들 녀석은 열 손가락으로는 모자랄 것이다. 입장이 반대였다면 나도 그랬을 거다. 유서라도 준비해놓는 게 좋을지 모르겠다.

드디어 모든 길이 사라졌다. 하루히의 휴대전화로 연락을 해봤지만 돌아오는 것은 '현재 사용되지 않는 번호입니다'는 안내 방송뿐

이었고, 집 전화는 기록도, 기억도 없는데다 명부에는 하루히의 이름과 함께 모두 삭제된 상태이다. 집으로 찾아가볼까 생각도 해보았지만 가만히 생각해보면 난 그 녀석의 집에 가본 적이 없다. 하루히가 우리 집까지 온 적은 있는데 불공평하다는 생각을 해봤자 이미 때늦은 후회다.

사라져버린 9반은 그렇다 치고, 코이즈미와 하루히가 어디에 있지 않을까 교무실에 가서 물어도 보았다. 비참했다. 스즈미야 하루히라는 학생은 어느 반에도 소속되어 있지 않았다. 코이즈미 이츠키라는 전학생은 이 학교에 오지 않았고 존재하지도 않는다고 했다.

방법이 없다.

단서는 어디에 있지? 이건 하루히가 만든 사람 찾기 게임인가? 사라진 자신이 있는 곳으로 오라는, 그런 놀이인가. 하지만 뭘 위해.

나는 걸어가며 생각에 잠겼다. 아사히나 선배가 먹인 일격의 효과 덕분인지 머리가 조금은 냉정해졌다. 화를 내봤자 길이 열리는 건 아니다. 이런 때야말로 냉정, 냉정하게.

"부탁한다."

그렇게 중얼거리며 내가 향한 곳은 단 한 곳. 마지막 요새인 최종 절대 방어 라인. 이곳이 함락되면 모든 게 끝이다, 완전 종료다.

동아리 건물, 통칭 구관에 있는 문예부실.

그곳에 나가토가 없다면 내가 뭘 할 수 있을까.

일부러 천천히 걸어가 시간을 들여 동아리방으로 이동했다. 몇 분 뒤 낡은 나무 문 앞에 선 나는 가슴에 손을 대고 심박수를 확인했다. 평상 운동치고는 조금 빠르지만 점심때보다는 나아졌다. 이상 현상의 과도한 연쇄 출현으로 인해 점점 감각이 마비되고 있는지도 모르겠다. 이렇게 되면 자포자기다. 최악의 결과를 예상하면 그대로 전진하는 수밖에 없다.

난 노크를 생략하고 힘차게 문을 열었다.

"……!"

그리고 보았다.

철제 의자에 앉아 긴 테이블 한쪽 구석에 책을 펼쳐놓고 있는 작은 몸집의 소녀를.

놀란 표정을 지은 채 입을 벌리고 안경 렌즈 너머로 날 응시하고 있는 나가토 유키를.

"있었구나…."

안도의 한숨인지 뭔지 구분이 안 되는 것을 토해내며 문을 닫았다. 나가토는 평소와 같이 아무 말도 없었지만 난 무턱대고 기뻐할 수가 없었다. 아사쿠라와의 일이 있은 뒤로 안경을 쓰지 않았다. 그런데 여기에 있는 나가토의 얼굴에는 예전에 이 녀석이 쓰고 있던 안경이 지금도 존재하고 있다. 새삼 느끼는 바이지만, 나가토는 안경을 안 쓰는 편이 훨씬 더 얼굴이 사는 것 같다. 내 취향으로는 그렇다.

그리고 그런 표정은 어울리지 않는다. 마치 전혀 모르는 남학생이 갑자기 뛰어들어 당황한 여자 문예부원 같은 표정이잖아. 왜 놀라는 거지? 그런 감정에서 가장 동떨어진 게 너의 특색 아니었냐.

"나가토."

아사히나 선배와의 일로 호된 교훈을 얻은 나는 앞으로 나가려는 몸을 가능한 한 자제하며 테이블로 다가갔다.

"왜?"

나가토는 움직이지 않고 대답했다.

"좀 가르쳐줘라. 넌 날 알고 있냐?"

입술을 굳게 다물고선 나가토는 안경테를 잡고 잠시 침묵의 시간을 보냈다.

"알고 있어."

그렇게 대답한 나가토는 내 가슴에 시선을 보내고 있었다. 희망이 솟아났다. 이 나가토가 내가 알고 있는 나가토일지도 모른다.

"사실은 나도 너에 대한 거라면 조금 알고 있는 게 있거든. 말해도 될까?"

"……."

"넌 인간이 아니라 우주인이 만든 생체 안드로이드야. 마법 같은 힘을 많이 갖고 있지. 홈런 전용 배트도 만들 수 있고, 꼽등이 공간으로 침입할 수도 있고….."

말을 하며 이미 후회가 밀려왔다. 나가토는 확연하게 표정이 묘해지고 있었다. 눈과 입을 벌리고 내 어깻죽지에 시선을 보내고 있었다. 나와 눈을 마주치는 것을 무서워한다는 기운이 나가토의 주위에 떠돌고 있었다.

"…그게 내가 알고 있는 너야. 아니냐?"

"미안해."

내 귀를 의심할 만한 소리를 나가토가 꺼냈다.

왜 사과하는 거지? 왜 나가토가 이런 말을 하는 거냐.

"난 몰라. 네가 5반 학생이라는 건 알아. 가끔 봤으니까. 하지만 그것말고는 아는 게 없어. 난 여기서는 너와 처음 얘기하는 거야."

마지막 요새는 허무하게 풍화된 사상누각이 되어 무너져내렸다.

"…그렇다는 말은 넌 우주인이 아닌 거야? 스즈미야 하루히라는 이름을 듣고서, 뭐든 좋으니까 기억나는 거 없어?"

나가토는 "우주인"이라고 입술을 움직이며 당황한 듯 고개를 갸웃거리더니, "없어" 라고 대답했다.

"잠깐만."

나가토가 안 된다면 의지할 사람이 아무도 없다는 말이 된다. 갓 태어난 제비 새끼가 어미 새에게 버림받는 거나 마찬가지다. 이 녀석이 어떻게 해주지 않으면 내가 제정신을 확보할 기회가 없다. 이대로는 내가 미친 게 된다.

"그럴 리가 없어."

안 되겠다. 벌써 냉정이 사라지고 있다. 머릿속에서 삼원색의 유성군이 미친 듯 날아다니고 있는 혼란 상태. 난 테이블을 돌아 나가토의 옆으로 걸어갔다.

하얀 손가락이 책을 덮는다. 두꺼운 양장본 책. 제목을 확인할 여유는 없었다. 나가토는 의자에서 일어나 내게서 도망치듯 뒤로 한 걸음 물러났다. 잘 다듬은 검은 바둑돌 같은 두 눈동자가 당황한 듯 흔들린다.

난 나가토의 어깨에 손을 올렸다. 바로 조금 전에 아사히나 신배를 상대로 실패했지만, 과거를 돌아볼 여유는 없었다. 놓치고 싶지 않다는 마음뿐이었다. 그리고 이렇게 잡지 않으면 아는 사람들 모두가 내 손바닥에서 사라져버리는 게 아닌가 두려웠다. 이 이상 누군가를 잃는 건 싫었다.

　교복 너머로 전해지는 체온을 손바닥으로 느끼며, 나는 나를 바라보지 않으려 옆으로 돌린 커트 머리를 향해 말했다.

　"생각해봐. 하루 사이에 세계가 바뀌어버렸어. 하루히 대신에 아사쿠라가 있다고. 이 선수 교체를 누가 지시한 거지? 정보 통합 사념체냐? 아사쿠라가 부활했으니 너도 뭔가를 알고 있을 텐데. 아사쿠라는 너와 같은 부류잖아? 무슨 꿍꿍이야? 너라면 알기 쉽게는 아니어도 어쨌든 설명을 할 수 있을 거야—."

　지금까지 그랬던 것처럼, 이란 말을 하려던 나는 목을 타고 들어간 액체 상태의 납덩이가 위장에 퍼지는 듯한 감각을 느꼈다.

　평범한 인간 같은 이 반응은 뭐냐.

　굳게 눈을 감은 나가토의 옆얼굴. 도자기처럼 희던 뺨에 붉은 기가 감돌고 있었다. 살짝 벌어진 입에서는 가쁜 숨을 토해내고 있고, 내가 잡고 있는 가냘픈 어깨는 추위에 얼어붙은 강아지처럼 바르르 떨고 있었다. 떨리는 목소리가 귓가에 닿는다.

　"그만해…."

　정신이 들었다. 어느 사이엔가 나가토는 벽에 등을 대고 있었고 난 무의식중에 나가토를 거기까지 몰고 가버린 것이다. 대체 무슨 짓을 하고 있는 건가. 이래선 완전 깡패잖아. 누가 보기라도 했으면 바로 뒤로 손이 꺾임과 동시에 사회적 제재를 받게 될 거다. 단둘뿐인 문예부실에서 얌전한 여학생을 덮치려 든 짐승 같은 녀석. 객관적으로 봤을 때 그 외의 다른 표현은 해당되지 않는 인간인 것이다.

　"미안하다."

　두 손을 들고 난 힘없이 말했다.

"행패를 부리려던 건 아냐. 확인하고 싶은 게 있어서…."

발이 비틀거린다. 난 가까이에 있던 철제 의자를 끌어당겨 물에서 건져낸 직후의 연체동물처럼 흐느적거리며 그 위에 앉았다. 나가토는 벽에 찰싹 달라붙은 채 움직이질 않는다. 동아리방을 뛰쳐나가지 않은 것만으로도 다행이라고 생각해야겠지.

새삼 동아리방 안을 둘러보자, 이곳이 SOS단의 비밀기지가 아니라는 것이 한눈에 이해가 갔다. 이 동아리방에 있는 것은 책장과 철제 의자 몇 개, 접이식 테이블과 그 위에 놓인 구식 데스크톱 컴퓨터가 전부였다. 그것도 하루히의 간계로 컴퓨터 연구부에서 탈취해 온 최신 기종이 아니었다. 그것보다 3세대쯤 뒤처진 구형이다. 그것과 비교하면 이두마차와 리니어 모터카 정도의 성능 차이가 날 것이다.

당연히 '단장'이라 쓰인 원뿔이 놓여 있어야 할 단장 책상도 없었다. 냉장고도, 다양한 코스튬 의상이 걸린 옷걸이도 없었다. 코이즈미가 가져온 각종 보드 게임도 없었고 메이드도 없을뿐더러 산타 손녀도 없었다. 낫싱 앳 올.

"젠장."

난 머리를 감싸쥐었다. 게임 오버다. 만약 이것이 누군가가 가한 정신 공격이라면 완벽하게 성공했다. 칭찬해주마. 그런데 이건 누구의 실험인 거냐? 하루히냐, 정보 통합 사념체냐, 눈에 보이지 않는 새로운 세계의 적이냐….

5분쯤 그렇게 하고 있었던 것 같다. 가까스로 정신을 차리는 척을 하며 조심스럽게 고개를 들었다.

나가토는 아직도 벽에 달라붙은 채 나를 흑단 같은 눈동자로 보고 있었다. 안경이 살짝 삐뚤어져 있다. 하늘에 감사하고 싶은 것이 있다면 나가토의 눈동자에 떠오른 것이 두려움이나 공포가 아니라 사별한 줄 알았던 오빠와 번화가에서 우연히 재회한 동생과 같은 빛이었다는 것 정도일까. 적어도 경찰에 잡혀갈 걱정은 없을 것 같다. 공황 상태 속에서도 조금은 안심할 수 있는 요소였다.

앉지그래, 이런 말을 건네려다 내가 나가토의 의자를 빼앗았다는 걸 발견했다. 자리를 양보해야지. 그보다 다른 의자를 내오는 게 좋을까. 아니, 내 가까이에 앉고 싶지 않을지도 몰라.

"미안."

다시 한번 사과하고선 난 자리에서 일어났다. 접어 벽에 세워두었던 철제 의자를 가져와 방 중앙으로 이동했다. 나가토에게서 충분히 멀다고 판단한 위치에 의자를 놓고 앉은 다음 다시 머리를 감싸 쥐었다.

여긴 영세 문예부다. 5월의 그날, 제어가 안 되는 공업용 로봇과 같은 하루히의 손에 강제로 끌려와 나가토와 처음 마주했던 때의 내가 본 동아리방이다. 그때 여기에는 테이블과 의자와 책장과 나가토만이 존재하고 있었다. 잡다한 물건이 늘기 시작한 것은 그때부터다. "이제부터 이 방이 우리의 동아리방이야!"라고 하루히가 선언했기 때문이다. 버너와 주전자, 뚝배기, 냉장고와 컴퓨터가 갖춰지게 된 것은….

"응?"

난 머리를 감싸 쥐었던 손을 풀었다.

잠깐만, 뭐가 갖춰졌다고?

옷걸이, 포트, 찻주전자, 찻잔, 식기, 낡은 라디오….

"아냐."

SOS단의 아지트가 되기 전의 동아리방에는 없었지만 그 이후에는 존재했고, 또한 지금 이 방에도 존재하는 것을 찾아라.

"컴퓨터다."

분명 기종은 다르다. 전원 코드만 바닥에 늘어져 있었기 때문에 아마 인터넷에도 연결되어 있지 않을 것이다. 하지만 주의를 환기시킬 만한 것은 이것밖에 없다. 틀린 그림 찾기의 유일한 해답이다.

나가토는 여전히 서 있었다. 그렇게 신경이 쓰이는지 여전히 날 바라보고 있었다. 하지만 내가 고개를 돌리자 재빨리 시선을 바닥으로 내렸다. 주의 깊게 보니 뺨이 여전히 옅게 물들어 있었다. 아아…, 나가토. 이건 네가 아니구나. 네가 얼굴을 붉히며 난처한 듯 시선을 굴릴 일은 없겠지.

무리일지는 몰라도 가능한 한 경계심을 주지 않게끔 자연스럽게 보이도록 애쓰며 자리에서 일어났다.

"나가토."

컴퓨터를 손가락으로 가리켰다.

"그거 잠깐 만져봐도 될까?"

나가토는 놀란 표정을 짓고선 잠시 난처하다는 기색이 여실히 드러나는 얼굴을 했다. 나와 컴퓨터를 세 번이나 번갈아보더니 크게 한숨을 쉬고선,

"기다려봐."

어색한 동작으로 의자를 컴퓨터 앞으로 가져가 본체의 전원 스위치를 켜고 앉았다.

시작 화면이 뜨기까지는 새로 산 뜨거운 캔 커피가 고양이도 마

실 수 있을 정도의 온도가 될 만큼의 시간이 필요했다. 다람쥐가 나무뿌리를 갉는 듯한 소리가 겨우 멈추자, 추측하기에 나가토가 마우스를 재빨리 조작해 몇 개의 파일을 이동하고 삭제하는 듯 보였다. 사람들의 눈에 띄면 안 될 것이 거기에 있을 것이다. 마음은 이해가 간다. 나도 MIKURU 폴더를 아무한테도 보여주고 싶지 않다.

"써."

가느다란 목소리로 나가토는 날 보지도 않고 말한 다음 다시 의자에서 떨어져 벽면의 보초로 둔갑했다.

"미안하다."

자리에 앉은 나는 재빨리 모니터를 살피며 내가 알고 있는 모든 테크닉을 구사해 MIKURU 폴더와 SOS단 사이트 파일을 찾았지만 이내 헛수고임을 깨닫고 어깨를 떨구었다.

"…없구나."

아무리 애를 써도 연결점을 찾을 수가 없다. 하루히가 여기에 있었다는 증거가 어디에도 없다.

조금 전 나가토가 숨긴 데이터가 뭘까 생각해보았지만 감시하는 시선이 내 등 뒤에서 느껴지고 있다. 들키면 곤란한 것이라도 찾을 것 같으면 재빨리 전원 코드를 뽑으려 자세를 취하고 있는 것 같았다.

난 자리에서 일어났다.

단서는 이 컴퓨터에는 없을 것이다. 정말로 보고 싶었던 것은 아사히나 화상집도 SOS단 웹사이트도 아니다. 하루히와 내가 폐쇄공간에 갇혔을 때 출현한 것 같은, 나가토의 힌트 메시지가 표시되지 않을까 싶었던 것이다. 그 기대는 무참하게 내동댕이쳐졌다.

"방해해서 미안했다."

피곤에 지친 목소리로 말한 나는 문으로 향했다. 집에 가자. 그리고 잠이나 자자.

여기서 뜻밖의 일이 일어났다.

"잠깐만."

나가토는 책장 틈에서 갱지를 꺼내 조심스럽게 내 앞에 섰다. 그리고 내 넥타이 매듭을 바라보며,

"괜찮으면…."

한 손을 내밀었다.

"가져가."

내민 것은 비어 있는 가입 신청서였다.

결국.

그나마 다행인 것은 지금까지 지긋지긋하게 비상식적인 상황에 처해서 다행이라는 사실이다. 그렇지 않았다면 이미 카운슬러를 찾아 돌아다니고 있었을 것이다.

상황을 생각해보면 내 머리가 못 써먹을 불량품이 되어버렸거나 세계가 바뀌어버렸든가 둘 중 하나인데, 지금의 나는 전자의 가능성을 거의 배제할 수 있다. 언제나 나는 제정신이고, 세계에 굴러다니는 삼라만상에 대한 시니컬한 대사를 내뱉는 임무를 지니고 있음을 인정하고 있다. 이상해진 세계에 이렇게 비꼬는 소리 한마디 정도는 던질 수도 있잖아. 이게 뭔 짓거리래.

"……."

난 나가토처럼 침묵했다. 여러 의미에서 오한이 든다. 아무렇지

도 않은 척 연기를 하는 데에도 한계가 있다.

나가토는 단순히 독서를 좋아하는 안경 소녀가 되어버렸고, 아사히나 선배는 낯선 선배. 코이즈미는 어디서 학생 노릇을 하고 있는지 키타고등학교에는 전학도 오지 않았다.

이게 대체 뭐야.

나보고 처음부터 다시 시작하라는 소린가? 그런 것치고는 계절이 이상하잖아. 리셋을 해서 다시 처음부터… 할 거라면 고등학교 생활 첫날로 돌려줘도 되는 거 아닌가. 누가 리셋 단추를 눌렀는지는 모르겠지만 시간의 흐름은 그대로 두고 환경 설정만 바꾸면 사람 당황하지. 실제로 지금은 완전 당황 모드다. 이 역할은 아사히나 선배의 것이 아니었냐 말이다.

그리고 그 녀석은 어디에 있는 거지? 나만 이런 곳에 혼자 내버려두고 그 바보는 어디서 태평하게 살고 있는 거냐.

하루히는 어디 있지?

넌 어디에 있냐.

어서 나타나라. 불안해지잖아.

"…젠장, 왜 내가 그 녀석을 찾아야 하는 거야."

아니면 하루히, 넌 여기에는 없는 거냐.

제발 그만해라. 왜 내가 이런 생각을 하는지는 나도 모르겠다만, 네가 나타나지 않으면 얘기가 안 되잖아. 나만 이렇게 우울하고 한숨이 나오는 기분을 맛보는 건 뭔가 잘못된 거다. 무슨 생각을 한 거야.

왕릉을 만드는 재료가 되는 거대한 돌을 짊어지고 언덕길을 오르는 직업 노예의 기분을 맛보며 나는 복도 너머로 보이는 차갑게 흐린 하늘을 올려다보았다. 주머니에 든 가입 신청서가 바스락 소리를 냈다.

내 방으로 돌아온 나를 맞아준 것은 샤미센과 여동생이었다. 동생은 밝게 웃으며 끝에 북슬북슬한 털이 달린 막대기를 흔들며 침대에 누운 샤미센의 머리를 툭툭 치고 있었다. 샤미센은 성가시다는 듯 눈을 가늘게 뜨며 가끔씩 앞발을 내밀어 여동생의 상대를 해주고 있었다.

"아, 어서 와."

동생은 미소를 지으며 날 올려다보았다.

"조금 있으면 저녁 준비 다 된대. 밥이다옹, 샤미."

샤미센도 날 올려다보았지만, 이내 하품을 하고 동생이 펼치는 고양이 놀리기 작전에 시큰둥하게 응전했다.

그렇구나, 아직 이 녀석들이 남아 있었지.

"야."

난 고양이 장난감을 빼앗아선 그걸로 동생의 이마를 툭 때렸다.

"하루히 기억하냐? 아사히나 선배라도. 나가토는? 코이즈미는? 같이 야구하고 영화에 나온 적 없어?"

"무슨 소리야, 콘? 모르겠는데."

그 다음으로 난 샤미센을 안아들었다.

"이 고양이는 언제부터 이 집에 있었지? 누가 데리고 왔지?"

동생은 안 그래도 동그란 눈을 더욱 동그랗게 떴다.

"으음, 지난달에 콘이 가져왔잖아? 그치? 외국에 간 친구가 준 거라며. 그치, 샤미?"

동생은 내 손에서 얼룩 고양이를 빼앗아 들고 사랑스럽다는 듯 뺨을 비볐고, 졸린 듯 눈을 가늘게 뜨는 샤미센은 내 심정은 다 안다는 표정으로 날 바라보았다.

"이리 줘봐."

다시 고양이를 빼앗았다. 물건처럼 다루는 것에 성가시다는 듯 수염을 떠는 샤미센에게는 나중에 건조 사료로 보답을 하기로 하지.

"난 이 녀석하고 할 얘기가 있다. 단둘이. 그러니까 넌 방에서 나가. 지금 당장."

"에이. 나도 얘기하고 싶은데. 치사하다, 콘. 어? …샤미랑 얘기를? 어? 정말?"

난 대답도 않고 동생의 허리를 안아 방 밖으로 내던지고선 "절대로 열지 마라"고 엄명을 한 뒤 문을 닫았다. 그 직후,

"엄마, 콘이 머리가 이상해졌어."

어쩌면 정말로 그럴지도 모르는 소리를 외치며 계단을 내려가는 동생의 목소리가 들렸다.

"자, 샤미센."

난 양반다리를 하고 앉아, 바닥에 얌전히 앉아 있는 귀중한 수컷 고양이에게 말했다.

"예전에 난 너에게 절대로 말하지 말라고 했다. 하지만 그건 이제 됐어. 아니, 말을 해주는 게 지금의 난 더 안심이 된다. 그러니까 샤미센, 뭐든 말 좀 해봐. 뭐든 좋으니까. 철학 소재도 좋고 자연 과학 소재도 좋고 알기 쉬운 소리가 아니라도 좋으니까 말 좀 해봐라."

샤미센은 날 따분하다는 듯 올려다보았지만, 진심으로 따분한지 털을 고르기 시작했다.

"…내가 하는 말 알겠냐? 말은 못 하지만 듣기는 된다든가 그런 거야? 그럼 예스일 때는 오른 앞발을, 노일 때는 왼쪽 앞발을 내밀어 봐."

손바닥을 펼쳐 콧등을 쳤다. 샤미센은 잠시 내 손가락 냄새를 맡더니 당연하다고 해야 할지 아무 말도 없이, 아무 의사 표현도 없이 다시 털 고르기 작업으로 돌아갔다.

그렇겠지.

이 녀석이 말을 한 것은 영화 촬영기간, 그것도 아주 짧은 동안이었다. 크랭크업과 동시에 이 녀석은 평범한 고양이로 돌아갔다. 먹고 자고 놀기 이외의 어휘를 갖고 있지 않은 당연한 고양이다.

한 가지 깨달았다. 여긴 고양이가 말을 하는 세계가 아니다.

"당연한 거잖아."

힘없이 바닥에 벌렁 드러누우며 난 손발을 쭉 뻗었다. 고양이는 말을 하지 않는다. 그러니까 이상했던 건 샤미센이 말을 했던 그때고, 지금은 이상할 게 하나 없는 거다. 하지만 정말 그럴까?

차라리 고양이가 되고 싶다. 그렇게 되면 아무 생각도 않고 본능이 이끄는 대로 살 수 있을 텐데.

동생이 저녁이 다 됐다고 알리러 올 때까지, 나는 그렇게 누워 있었다.

제2장

아교질 덩어리에 갇혀 있던 것 같은 12월 18일이 끝나고 그 다음 하루가 시작되었다.

12월 19일.

오늘부터 단축 수업에 들어간다.

원래대로라면 좀더 일찍 단축에 들어갔어야 했는데 요전의 전국 모의고사 때 시립 라이벌 학교에 종합성적에서 밀린 것에 화가 난 교장이 학력 향상이라는 구호를 외치며 억지로 변경해버린 것이다. 그 역사는 변하지 않은 것 같군.

변한 것은 내 주변, 키타고등학교, SOS단 주위뿐인가. 누군가가 꾸민 자의적인 계획을 떨쳐내지 못한 채 등교하자, 5반의 결석자 수는 더욱 증가 추세였다. 타니구치도 결국 40도의 열이 났는지 모습이 보이질 않는다.

그리고 내 뒷자리에는 오늘도 하루히가 아닌 아사쿠라가 있었다.

"안녕. 오늘은 정신이 좀 들었어? 그랬음 좋겠다."

"그냥 그렇지."

난 무뚝뚝하게 대답하며 내 책상을 가방에 올려놓았다. 아사쿠라는 턱을 괴며 말했다.

"그런데 눈을 뜨고 있다고 해도 각성을 했다고 볼 수는 없는 거야. 눈에 비치는 걸 제대로 파악하고 그걸 이해하는 데에 이용하는 거지. 넌 어때? 할 수 있겠니?"

"아사쿠라."

난 몸을 내밀어 아사쿠라 료코의 단정한 얼굴에 눈빛을 쏘았다.

"정말 기억을 못 하는 건지, 시치미를 떼는 건지 다시 한번 가르쳐줘라. 넌 날 죽이려고 한 적 없었냐?"

갑자기 아사쿠라의 얼굴이 흐려졌다. 다시 환자를 보는 듯한 눈이다.

"…아직 정신을 못 차린 것 같구나. 충고할게. 빨리 병원에 가보는 게 좋겠다. 너무 늦기 전에 말야."

그러고선 입을 다물고 날 무시한 채 옆자리의 여자애와 수다를 떨기 시작했다.

나도 앞으로 몸을 돌려 팔짱을 낀 채 허공을 노려보았다.

이런 비유는 어떨까.

어떤 곳에 아주 불행한 사람이 있다고 치자. 그 사람은 주관적으로도 객관적으로도 정말 너무나도 불행한 사람으로, 깨달음을 얻은 만년의 싯다르타 왕자조차 눈을 피하고 싶을 정도로 본질적인 불행을 구현해낸 것 같은 인간이다. 그런 그(그녀라도 상관없지만 귀찮으니까 그라고 해두겠다)가 평소와 같이 불행에 괴로워하며 잠들었는데, 이튿날 아침 눈을 뜨고 보니 세상이 바뀌어버린 것이다. 그곳은 유토피아라는 말로도 부족할 만큼 멋진 세계였고, 그에게서는 모든 불행의 기운이 사라지고 모든 행복이 그의 몸과 정신에 빈틈

없이 충만해 있다. 이젠 어떤 불행도 그에게 닥치지 않는다. 하룻밤 사이에 그는 누군가의 손에 이끌려 지옥에서 천국으로 옮겨가게 된 것이다.

물론 그곳에 그 자신의 의사는 개입되어 있지 않다. 그를 끌고 간 것은 그가 모르는 누군가이며 그 정체는 전혀 밝혀지지 않았다. 무슨 생각으로 그를 그렇게 만들었는지는 모른다. 분명 아무도 모를 것이다.

그럼 이 경우, 그는 기뻐해야 할까. 세계가 변화되어 그는 이제 불행하지 않게 되었다. 하지만 그건 그가 원래 있던 세계와는 미묘하게 다른 곳이고, 무엇보다 이렇게 되어버린 이유가 최대의 수수께끼로 남아 있다.

그는 그래도 행복을 얻었다는 사실을 최대의 평가 기준으로 보고 그 누군가에게 감사를 할까.

말할 필요도 없이 그는 내가 아니다. 정도가 너무 다르다.

아…, 이건 내가 생각해도 적절한 비유가 아니군. 며칠 전까지의 나는 딱히 불행의 바닥을 헤매고 있었던 것도 아니고, 지금의 내가 무지막지하게 행복한 것도 아니다.

그러나 정도 문제라는 점만 제외한다면 아주 안 맞는 말이라고는 할 수 없다. 지금까지의 나는 하루히에 관련된 괴상한 사건에 신경을 혹사시켜야 했고, 그건 현재의 내게는 먼 나라 이야기인 것 같기 때문이다.

하지만—.

여기에는 하루히는 없고, 코이즈미도 없고, 나가토와 아사히나 선배는 평범한 인간이고, SOS단이란 건 흔적도 찾아볼 수 없다. 외

계인도, 시간 여행도, 초능력도 없다. 게다가 고양이가 말을 할 일도 없는 매우 평범한 세계이다.

그래, 어떤가?

지금까지와 이 현재와 어느 상황이 더 어울리지? 어느 게 더 기뻐해야 할 상황인 걸까.

난 지금 행복한가?

방과 후 습관적으로 문예부실로 발걸음이 향하고 있었다. 매일 같은 일을 반복하다 보면 생각하지 않아도 몸이 움직인다는 전형적인 자동적 행동이다. 목욕을 할 때 몸을 씻는 순서가 딱히 정해져 있지 않은데도 어느 사이엔가 기계적으로 같은 행동을 하게 되는 것과 같은 이치이다.

언제나 나는 수업을 마치면 SOS단으로 향해, 아사히나 선배가 타준 차를 마시고 코이즈미와 게임을 하며 하루히의 헛소리 같은 대화에 귀를 기울였다. 그 습관이 비록 나쁜 습관이었다 해도, 오히려 나쁜 습관이었기 때문에 이제 와서 그만두라고 해도 끊기란 어려운 일이다.

하지만 오늘은 조금 분위기가 달랐다.

"이걸 어쩌지?"

걸어기며 보고 있는 건 백지의 가입 신청서였다. 어제 나가토가 내게 이걸 준 것은 문예부에 가입하라는 의사표시일 것이다. 하지만 왜 내게 권했는지는 알 수 없다. 달리 부원이 없어서 폐부 위기에 몰려서 그런가? 그렇다 해도 갑자기 나타나 덮치다시피 굴었던 날 가입시키려 하다니 배짱도 좋잖아.

이 잘못된 세계에서도 나가토의 성격에 기묘한 구석이 있는 점은 변함이 없는 건가.

"힉."

동아리 건물로 가는 도중에 다시 아사히나 선배와 츠루야 콤비와 마주쳤다. 날 보자마자 움찔 떨며 츠루야 선배에게 매달리는 귀여운 선배의 모습에 가슴 아파하며, 난 재빨리 인사를 하고 빠른 걸음으로 자리를 떴다. 다시 한번 그 감로를 마실 수 있는 일상이 찾아왔으면.

이번엔 노크를 하자 자그마한 대답 소리가 들렸다. 문을 연 것은 그 다음이었다.

동아리방에 있던 나가토의 시선이 내 안면표피를 통과했다 다시 손에 든 책으로 돌아갔다. 안경을 가볍게 누르는 동작이 마치 인사를 하는 것처럼 느껴졌다.

"다시 와도 되는 건가?"

살짝 고개를 끄덕인다. 하지만 현재의 관심은 펼쳐져 있는 책에만 쏠려 있는지 그 뒤로는 고개를 들지 않는다.

난 가방을 대충 내려놓고선 어떻게 할까 다음 행동을 모색해봤지만 이 텅 빈 방에선 손을 놀릴 소도구도 거의 없어 결국 책장을 바라보았다.

크고 작은 책들이 빼곡이 꽂혀 있었다. 문고판과 소설보다 양장본이 많은 건 나가토가 두꺼운 책을 좋아하기 때문이겠지.

침묵.

나가토를 상대로 침묵을 지키는 데는 익숙한 나였지만, 오늘 여기에서는 조금 고통이었다. 뭔가 말을 하지 않으면 더 불안해진다.

"전부 네 책이냐?"

바로 반응이 나타났다.

"전부터 있던 것도 있어."

나가토가 들고 있던 양장본 표지를 보여 주었다.

"이건 빌린 것. 시립 도서관에서."

시의 소유물임을 나타내는 바코드 스티커가 붙어 있다. 유광 처리된 표지에 형광등 불빛이 반사되어 나가토의 안경을 순간 반짝이게 했다.

그걸로 대화 종료, 다시 나가토는 두꺼운 서적을 묵묵히 읽는 데 도전했고, 난 있을 자리를 잃었다.

침묵이 견딜 수 없을 정도로 답답했다. 난 애깃거리를 찾아 적당히 말을 던졌다.

"소설, 직접 쓰지는 않나?"

4분의 3박자 정도 침묵이 흐른 뒤.

"읽기만 해."

렌즈에 가려진 시선이 순간적으로 컴퓨터를 쳐다본 것을 난 놓치지 않았다.

그렇구나, 내게 보여주기 전에 했던 작업은 그걸 위한 것이었군. 나가토가 쓴 소설을 너무나도 읽고 싶어졌다. 이 녀석이라면 내체 어떤 글을 쓸까. 역시 SF일까. 설마 연애물은 아니겠지.

"……."

원래 나가토와는 대화가 성립되기 힘들다. 그 점은 이 나가토도 변함이 없는 부분인 듯했다.

난 다시 책장을 상대로 무언의 행진을 개시했다.

멍하니 표지를 보고 있는데 한 권의 책에 시선이 멈추었다.

익숙한 제목이다 SOS단 발흥기 최초에 나가토가 빌려주었던 해외 SF 대장편의 1권으로 무시무시한 문자수를 자랑하는 책이다. 그러고 보니 아직 안경 소녀였던 그 시절의 나가토는 무조건 내게 그 책을 내밀며 "빌려줄게"라고 말하고선 재빨리 자리를 떴다. 다 읽기까지 2주가 걸렸지. 그 뒤로 몇 년이나 지난 것 같은 기분이다. 참 많은 일들이 있었다.

괜히 그리워져 난 그 양장본을 책장에서 꺼냈다. 서점도 아닌데 서서 읽는 건 진지하게 읽을 생각이 없어서였고, 대충 페이지를 넘겨 원래 위치에 놓으려던 내 발 밑에 작은 정사각형의 종잇조각이 떨어졌다.

"뭐지?"

주웠다. 꽃잎 그림이 그려진 책갈피다. 서점에서 멋대로 봉투에 넣어주는─책갈피?

시선이 회전한 것 같은 기분이 들었다. 그래…. 그때…, 난 내 방에서 이 책을 펼쳤고…. 이 책갈피와 같은 것을 발견했다…. 그리고 자전거를 타고 달렸다…. 그 구절은 보지 않고도 암송할 수 있다.

오후 7시. 코요엔 역 앞 공원에서 기다리겠다.

숨을 멈추고 떨리는 손으로 뒤집어─보았다.

'프로그램 가동 조건 : 열쇠를 갖추어라. 최종 기한 : 이틀 후'

양장본에서 떨어진 책갈피에는 여느 때의 메시지와 같은 명조체의 문장이 씌어 있었다.

순간적으로 난 고개를 돌려 세 걸음 만에 나가토의 테이블 앞에 접근했다. 크게 뜨인 검은 눈동자를 바라보며 물었다.

"이걸 쓴 건 너냐?"

앞으로 내민 책갈피 뒷면을 응시하다 이내 나가토의 목이 가로로 돌아갔다. 그리고 당황한 얼굴로 대답했다.

"내 글씨랑 비슷해. 하지만… 몰라. 쓴 기억이 없어."

"…그래. 그렇겠지. 아니, 됐어. 알았으면 내가 곤란했을 테니까. 조금 신경 쓰이는 일이 있어서 말이지. 아, 그냥 별거 아냐…."

변명하듯 중얼거리며 난 다른 생각에 사로잡혀 있었다.

나가토.

역시 메시지를 남겨주었구나.

무미건조한 문자의 나열만으로도 기쁘다. 이건 내가 완전히 익숙해진 네가 준 선물이라 봐도 되겠지? 상황을 타파할 암시로 딱이잖아. 안 그랬으면 이런 의미심장한 말은 안 썼겠지?

프로그램. 조건. 기한. 이틀 후.

…이틀 후?

오늘은 19일이다. 지금 이 순간부터 세어 이틀 후라고 봐도 되는 건가, 아니면 세계가 이상해진 어제부터인가. 최악의 경우 그렇다면 기한은 20일, 내일이다.

단발적인 기쁨이 지면을 느릿느릿 흘러가는 용암처럼 서서히 식어갔다.

잘은 모르겠지만 프로그램인지 뭔지를 돌아가게 하려면 열쇠인지 뭔지를 모으는 수밖에 없는 것 같다. 하지만 열쇠라니 뭐지? 어디에 떨어져 있는 건데? 몇 개가 필요한 거지? 다 갖추면 어디로 가져가야 기념품하고 교환할 수 있는 거냐?

퀘스천 마크의 무리가 내 머리 위를 선회하다 마침내 하나의 거대한 퀘스천이 되었다.

그 프로그램을 켜면 세계는 옛날의 모습으로 돌아가는 건가?

재빨리 책장의 책들을 뺐다 넣었다 하며 다른 책갈피가 없나 확인해보았다. 나가토의 황당해하는 시선을 받아가며 수고를 들인 결과 수확은 제로. 다른 것은 없었다.

이게 다인가.

뭐, 많은 것을 원해서 다양한 선물을 받는다 해도 그 무게로 일어서지 못하게 된다면 도로 아미타불이다.

목적지를 정하지 못한 채 발길 닿는 대로 돌아다녀 봤자 시간과 라이프 게이지를 낭비하기만 할 뿐이다. 일단 열쇠란 게 뭔지 알아내야 한다. 아직 산 정상에 도착하려면 멀었지만 겨우 지침이 보이기 시작했다.

난 괜찮을지 물은 뒤 테이블에 도시락을 펼쳐 나가토와 비스듬히 맞은편에 앉아 도시락을 먹어가며 생각의 타래도 함께 펼쳤다. 나가토는 날 흘끔거리고 있는 것 같았지만, 난 기계적으로 젓가락을 놀려 뇌에 영양을 열심히 공급하는 것을 급선무로 판단했다.

어느 사이엔가 도시락을 비우고 차를 주문하려고 하다 아사히나 선배가 없다는 사실을 깨닫고는 낙담하며 생각을 계속했다. 지금이 중요하다. 모처럼 얻은 힌트를 헛되이 할 수는 없다. 열쇠다, 열쇠. 열쇠….

그대로 두 시간쯤 생각에 집중했을까.

난 내가 얼마나 바보인가를 끔찍하게 깨달으며 좌절해 혼잣말로 중얼거렸다.

"전혀 짐작이 안 가."

대체 열쇠라고 해도 너무 막연하잖아. 설마 정말 자물쇠에 쓰는 그런 열쇠는 아닐 테니 키워드니 키 퍼슨이니 하는 그런 키를 이르는 말일 텐데, 그래도 범위가 너무 넓다.

아이템인지, 대사인지, 갖고 다닐 수 있는 건지 없는 건지, 그 정도의 정보도 옵션 서비스로 주면 좀 좋아.

책갈피를 쓴 나가토의 사고를 읽어보려 해보았지만 떠오르는 건 녀석이 어려운 책을 읽고 있는 담담한 풍경이 고작이라, 고맙기도 하지만 한편으로는 답답해 보이는, 내가 아는 나가토의 모습 그것이었다.

문득 신경이 쓰여 맞은편을 보니 이쪽의 나가토는 졸고 있기라도 한 듯 꼼짝도 않고 있었다.

기분 탓인지 몰라도 읽고 있는 책의 진도도 전혀 변화가 없는 것 같았다. 하지만 낮잠을 자고 있는 게 아니라는 증거로, 내가 멍하니 바라보는 걸 깨닫고 나가토의 얼굴에 희미한 붉은 기가 돌기 시작했다. 이쪽의 문예부원 나가토는 아무래도 극도의 부끄럼쟁이이든가, 사람들이 주목을 받는 것에 이수하지 않든가 둘 중 하나인 것 같다.

겉모습은 똑같이 생긴 아가씨가 익숙하지 않은 반응만 보이니 참신선한 느낌이 들었다. 일부러 뚫어져라 관찰을 했다.

"······."

눈의 초점이 책의 문자 위에 맞춰져 있는 것 같기는 했지만, 아무것도 읽지 않고 있다는 건 명백했다.

나가토는 살짝 벌어진 입으로 소리도 없이 숨을 쉬고 있었고, 얇은 가슴의 상하 운동도 확연하게 알아볼 수 있을 정도였다. 나약해 보이는 뺨 주변이 점점 빨개진다. 솔직히 말하자면 그런 나가토는 조금—아니, 상당히 귀여웠다. 잠깐 동안이었지만, 이대로 문예부에 가입해 하루히가 없는 세계를 즐기는 것도 괜찮지 않을까 생각했을 정도다.

하지만 아직이다. 아직 이대로 내던질 수는 없다. 난 주머니에서 책갈피를 꺼내 구겨지지 않도록 쥐었다. 이걸 넣어놨다는 것은 삼각뿔 모자를 쓰고 책을 읽고 있던 나가토는 아직 내게 볼일이 있다는 소리다. 나도 있다. 하루히가 만든 전골 요리도 못 먹었고, 아사히나 산타도 아직 제대로 각인해두지 못한 상태다.

동아리방을 장식하는 데 바빠 코이즈미와 하던 게임은 클라이맥스 상태에서 중단되었다. 그대로 계속했으면 내가 이겼을 테니 난 100엔을 손해본 게 된다.

창문으로 저녁 햇살이 들어오기 시작했고, 기울기 시작한 태양이 거대한 오렌지 공이 되어 학교 건물 뒤로 숨으려는 시간이 되었다.

가만히 앉아만 있는 것도 피곤했고, 더 짜봤자 뇌에서 유익한 아웃풋을 얻을 수 있을 것 같지도 않다. 난 의자에서 일어나 가방을 향해 손을 뻗었다.

"오늘은 이만 가볼게."

"그래."

나가토는 읽고 있었는지 아닌지 알 수 없는 양장본 책을 덮어 자신의 가방에 넣고선 자리에서 일어났다. 혹시 내가 말을 꺼내길 기다리고 있었던 걸까?

가방을 들고 내가 나갈 때까지 그대로 서 있을 것처럼 가만히 있는 몸을 향해 말을 던졌다.

"야, 나가토."

"왜?"

"너 혼자 살았지?"

"…응."

어떻게 아느냐고 생각하고 있겠지.

가족이 없냐고 물으려다 살짝 아래로 떨어지는 눈썹을 보고 생각만으로 그쳤다. 세간이 거의 없던 방을 떠올렸다. 처음 갔던 것은 7개월 전, 거대한 스케일로 말하는 코스믹한 전파 얘기에는 여러 의미로 쫄았다. 그 다음에 찾아갔던 건 3년 전의 칠석 날로, 그때는 아사히나 선배가 동행했다. 첫 번째보다 두 번째가 시간 흐름상 앞섰다니, 나도 참 재주도 좋지.

"고양이라도 키우지그래? 고양이 참 좋다. 늘 멍해 보이지만 가끔은 내가 하는 말을 다 알아듣는 게 아닐까 싶을 때도 있거든. 말하는 고양이가 있어도 이상하지 않을 거야. 진짜 그래."

"애완동물 사육 금지."

그렇게 말한 뒤 잠시 침묵하며 슬픈 눈을 깜박이던 나가토는 제비가 바람을 가르는 듯한 소리를 내며 숨을 들이마셨다 천천히 말을 토해냈다.

"올래?"

나가토는 내 손끝을 보고 있었다.

"어디에?" 라고 묻는 나.

내 손끝이 대답을 들었다.

"우리 집."

2분 쉼표만큼 침묵을 한 뒤 말했다.

"…그래도 돼?"

대체 어떻게 된 걸까. 부끄럼을 많이 타는 건지, 겁이 많은 건지, 적극적인 건지 도통 이해가 안 간다. 이 나가토의 정신 상태에는 전혀 일관성이 없다. 아니면 이 시기의 평균적인 여고생 1학년의 심리는 고래자리 α성의 변광주기만큼 불규칙적인가?

"응."

나가토는 내 시선에서 도망치듯 걸어가기 시작했다. 실내의 불을 끄고는 문을 열고 복도로 사라졌다.

그리고 물론 나도 그 뒤를 따랐다. 나가토의 집. 고급 분양 맨션 708호. 손님방을 보여달라고 하자. 새로운 힌트를 찾을 수 있을지도 모른다.

만약 그곳에서 다른 내가 자고 있다면 즉시 두들겨 깨워주리라.

학교에서 나서는 길, 나와 나가토 사이에는 대화가 없었다.

나가토는 똑바로 앞만 보고 묵묵히 걸어가고 있었고, 차갑고 강한 바람에 날아갈 듯 언덕길을 내려가고 있었다.

짧은 바람에 흐트러지는 약간 층이 진 뒷머리를 바라보며, 나도 사무적으로 두 발을 담담히 놀릴 뿐이었다. 해야 할 말도 별로 없었고, 왜 나를 초대했는지는 묻지 않는 편이 좋을 것 같았다.

계속해서 걸어가던 나가토가 멈춰 선 곳은 예의 고급 맨션이었다. 여기에 찾아오는 게 몇 번째더라. 우리가 나가토의 방에 들어간게 두 번, 아사쿠라의 집 앞까지 갔던 게 한 번, 옥상에 올라간 게한 번.

나가토는 현관의 비밀 번호를 입력해 문을 열고선 그대로 뒤도 돌아보지 않고 로비로 들어갔다.

엘리베이터 안에서도 아무 말이 없었고, 7층의 8호실 문을 열고 날 안으로 부를 때에도 아무 말 없이 동작만으로 해결했다.

나도 말없이 안으로 들어섰다. 방 구조는 기억에 있는 그대로 변한 데가 없었다. 썰렁한 방이다. 거실에는 코타츠(주5)가 하나 있을뿐 그 외에는 아무것도 없었다. 커튼이 없는 것도 여전했다.

그리고 손님방은 있었다. 문으로 구분된 방이 그곳이겠지.

"이 방 봐도 돼?"

주전자와 찻잔을 들고 부엌에서 나온 나가토에게 물어보았다. 나가토는 천천히 눈을 깜박였지만 이내 대답했다.

"그래."

"잠깐 실례할게."

바퀴라도 달려 있는 것처럼 미닫이문은 부드럽게 열렸다.

"……"

바닥만이 보였다.

그래. 그렇게 몇 번이나 과거로 가지는 않겠지, 뭐….

난 문을 다시 닫고선 날 지켜보고 있던 나가토에게 두 손을 들어보였다. 아무 의미도 없는 행동으로 보였을 것이다. 하지만 나가토

주5) 코타츠: 안에 숯불이나 전기 등의 열원을 놓고 위에 테이블을 올린 다음 이불을 씌운 일본의 겨울 난방 기구.

는 아무 말 없이 코타츠 위에 찻잔을 두 개 올려놓고는 예의 바르게 정좌를 하고 앉아 차를 따르기 시작했다.

그 정면에는 내가 양반다리를 하고 앉아 있었다. 처음 왔을 때에도 이랬다. 나가토가 타주는 차를 의미도 없이 몇 잔이나 마시고, 그런 다음 그 우주적인 혼잣말을 들었던 것이다. 제법 더운 신록의 계절에 있었던 일로, 지금의 추위와는 격세지감이 느껴진다. 지금이 마음도 훨씬 춥다.

마주 보고 앉아 묵묵히 차를 마시며, 나가토는 안경 안쪽에 있는 눈동자를 아래로 내리깔고 있었다. 나가토는 뭔가를 주저하고 있는 듯했다. 입을 열었다가는 다물고, 결심한 듯 날 올려다보았다가 다시 고개를 숙이고, 그런 동작을 반복하고 있다가 찻잔을 내려놓고 쥐어짜는 듯한 목소리로 말을 꺼냈다.

"난 너와 만난 적이 있어."

그리고 부연 설명을 하듯.

"학교 밖에서."

어딘데?

"기억해?"

뭘?

"도서관."

그 말을 듣고 뇌 속에 있는 톱니바퀴가 삐걱대듯 소리를 냈다.

도서관에서 나가토와 보냈던 기억이 되살아난다. 기념할 만한 신비 탐색 투어 제1탄.

"올 5월에."

나가토는 눈을 내리깔며 말을 했다.

"네가 카드를 만들어주었어."

난 정신적으로 전기 자극을 받아 움직임을 멈추었다. …그랬다. 그렇게라도 하지 않았으면 너는 책장 앞에서 움직이려고 하지 않았을 테니까. 하루히의 호출이 장난전화처럼 걸려오고 있었고, 서둘러 집합 지점으로 돌아가기 위해서는 그 방법밖에 없었다….

"너."

하지만 계속된 나가토의 설명은 내 기억에 있는 상황과는 달랐다. 이 나가토의 작고 툭툭 끊어지는 목소리에 따르면—

5월 중순에 처음 시립 도서관을 찾은 나가토는 대출 카드를 만드는 방법을 잘 몰랐다. 직원에게 말하면 바로 해결될 일이었지만 몇 안 되는 직원들은 모두 바빠 보였다. 그리고 소심하고 말재주가 없는 자기는 그럴 용기가 없었다. 그렇게 하염없이 카운터 앞을 오가고 있는데 그 모습을 보다못했는지 지나가던 남자 고등학생이 모든 수속을 대신 나서서 해주었다.

그게,

"너였어."

나가토의 얼굴이 나를 보며 0.5초 정도 시선을 마주친 뒤 다시 탁자 위로 떨어졌다.

"……."

이 침묵 표시는 니와 니가토의 몫이다. 기기기 없는 기실에 침묵이 돌아왔고 나도 할 말이 없었다. 기억하고 있냐는 질문에 대답할 길이 없었기 때문이다. 이 녀석의 기억과 내 기억은 묘하게 어긋나 있다. 도서 카드를 만들어준 것은 사실이지만, 우연히 지나가던 길이 아니라 거기까지 나가토를 데리고 간 건 나였다. 찾을 리가 없는 신비 탐색 패트롤을 포기하고 시간을 때울 장소로 도서관을 행선지로 정했다. 묵묵히 따라오는 나가토의 교복 차림을 잊는다는 건 아무리 내 기억력이 말미잘 수준이라 해도 불가능하다.

"……."

내 침묵을 어떻게 받아들였는지, 나가토는 슬픈 듯 입술을 일그러뜨리더니 가는 손끝으로 찻잔을 쓸었다. 희미하게 떨리는 그 손가락을 보고 더욱 아무 말도 할 수 없는 느낌이 들었고, 실제로 아무 말도 하지 않았다. 기억하고 있다고 대답하는 건 간단하다. 아주 틀린 말은 아니다. 하지만 실제와는 어긋날 뿐이다. 그리고 이 경우, 그 어긋나는 부분이 가장 큰 문제인 것이다.

왜 달라진 것일까.

내가 알고 있는 우주인은 어디로 가버린 거지. 책갈피만 남겨놓은 채.

딩동―.

영겁과도 같은 침묵을 파괴한 것은 초인종 소리였다. 갑작스런 소리에 난 앉은 채로 허공에 떠오를 만큼 놀랐다. 나가토도 놀랐는지 몸을 움찔 떨고선 현관을 돌아보았다. 다시 초인종 소리. 새로운 손님인가. 하지만 나가토를 찾아올 만한 녀석이라니 대체 누구지? 수금원이나 택배원 외에는 떠오르질 않는데.

"……."

나가토는 육체에서 이탈된 영혼과 같은 움직임으로 일어나 발소리도 내지 않고 벽으로 이동했다. 인터폰을 조작해 누군가의 목소

리에 귀를 기울인다. 그리고 나를 돌아보고선 조금 난처한 표정을 지으며,

"하지만…", "지금은…" 등등의 거절의 말을 가늘게 스피커를 향해 했지만,

"기다려."

결국 밀린 듯 그렇게 속삭이곤 조용히 현관으로 가 문을 열었다.

"어머?"

문을 어깨로 밀며 들어온 아가씨는,

"왜 네가 있는 거니? 별일이네. 나가토가 남자애를 데리고 오다니 말야."

두 손으로 냄비를 든 키타고 교복 차림 소녀는 발끝을 현관 턱에 대고 재주껏 신발을 벗었다.

"설마 억지로 쳐들어온 건 아니겠지?"

이 녀석이야말로 왜 여기에까지 등장하는 거냐. 교실 이외에서 네 얼굴을 보다니, 이건 예상해두지 않은 장면인데.

"난 자원봉사 같은 거야. 네가 있는 게 더 의외다."

그렇게 말하며 웃는 아름다운 얼굴은, 반장이고 내 뒷자리에 앉아 있는 녀석이다.

아사쿠라 료코가 찾아왔다.

"너무 많이 만들었나? 조금 뜨겁고 무겁더라."

미소를 지으며 아사쿠라는 커다란 냄비를 탁자 위에 올려놓았다. 이 계절에 편의점에 가면 대개는 이 냄새가 맞이한다. 냄비 안에 든 것은 어묵이었다. 아사쿠라가 만든 건가?

"응. 많이 만들어도 손이 별로 안 가는 건 이렇게 가끔 나가토한 테도 나눠주러 오지. 내버려두면 나가토는 식사도 잘 안 하니까."

나가토는 부엌에서 접시와 젓가락을 준비하고 있었다. 식기가 부딪치는 소리가 난다.

"그런데? 네가 있는 이유를 가르쳐주겠어? 궁금한데 말야."

어떻게 대답해야 좋을지 알 수 없었다. 나가토가 초대를 해서 온 거였지만, 무슨 생각으로 초대를 했는지를 모르겠다. 도서관 얘기를 하기 위해선가? 그런 거야 동아리방에서도 할 수 있었을 거다. 난 여기에 열쇠인지 뭔지의 단서가 있을까 싶어 찾아왔지만 그 말을 그대로 할 수는 없다. 또 내 머리를 걱정할 게 뻔하니까.

내 입은 아무렇게나 지껄여댔다.

"아, 저기, 나가토와는 집에 가는 길에 만나서⋯. 맞다, 나 지금 문예부에 들어갈까 고민하고 있거든. 그걸 좀 상담을 하면서 걸었지. 그러는 사이에 이 맨션 근처까지 왔더라고. 그래서 할 얘기도 더 있으니 집에 들르지 않겠냐고 하더라. 내가 억지로 고집 부린 건 아냐."

"네가 문예부에? 미안하지만 전혀 어울리지 않는다. 책을 읽기는 하니? 아니면 쓰는 쪽이야?"

"앞으로 읽을까, 쓸까, 어쩔까 고민하고 있었어."

탁자 위에는 뚜껑이 열린 냄비가 식욕을 자극하는 냄새를 발산하고 있었다. 국물 안에 숨어 있는 달걀조림이 맛있어 보이는 색깔을 띠고 있었다.

왼편에 있던 아사쿠라가 기묘한 시선을 보내고 있었다. 시선에 질량이 있다면 내 관자놀이에 작은 구멍이 뚫렸을 것 같은, 그런 험

악한 기운을 느끼는 건 나의 지나친 추측일까. 예전의 아사쿠라는 도중에 살인마로 변했지만, 이 아사쿠라의 늠름한 태도 뒤에는 확립된 자신감이 희미하게 엿보이고 있다. 분명 이 어묵도 다른 곳에서 먹는 것보다 맛있을 것이다. 그 점이 내게는 중압감으로 다가왔다. 현재 내겐 여러 가지 의미에서 아무런 자신감도 없다. 그저 우왕좌왕하고 있을 뿐이니까.

더는 견딜 수가 없어 난 가방을 들고 일어섰다.

"어머, 안 먹고 가게?"

야유하는 듯한 아사쿠라의 목소리에 침묵으로 대답하고선 난 거실에서 조용히 물러나려 했다.

"아."

부엌에서 나온 나가토와 충돌할 뻔했다. 나가토는 겹쳐 쌓은 접시 위에 젓가락과 고추냉이 튜브를 들고 있었다.

"갈게. 역시 방해가 될 것 같아서."

잘 있으라고 말하며 자리를 뜨려는 내 팔에 깃털처럼 부드러운 힘이 가해졌다.

"……."

나가토가 내 옷자락을 조심스럽게 손가락으로 잡고 있었다. 마치 갓 태어난 아기 햄스터를 잡는 것 같은 미세한 힘이었다.

덩징에라도 사라질 것 같은 표정이었다. 나가토는 고개를 숙인 채 손가락만을 내 옷자락에 대고 있었다. 내가 가는 게 싫은 건지, 아사쿠라와 단둘이 있는 게 어색해서인지는 알 수 없었지만, 사라질 것만 같은 나가토의 모습을 보고 있자니 그런 건 아무래도 상관없어졌다.

"─갈까 했는데 먹을래. 응, 배가 고파 죽을 것 같다. 지금 당장 뱃속에 뭔가를 집어넣지 않으면 집까지 가는 동안 못 버틸 것 같아."

겨우 손가락이 떨어졌다. 왠지 아쉬웠다. 나가토의 명확한 의사 표시는 평소에는 볼 수가 없는 것이다. 희소가치가 있다.

거실로 돌아온 나를 보고, 아사쿠라는 그럴 줄 알고 있었다는 듯 눈을 가늘게 떴다.

내 미각은 맛있다고 절규하고 있었지만, 마음속 깊은 곳에서는 뭘 먹고 있는지 이해를 못 하고 있는 듯한 기분으로 그저 어묵을 입으로 가져가고 있었다. 나가토는 깨작거리며 다시마를 다 먹는 데에 3분 정도의 시간을 소요했다. 그 자리에서 밝게 얘기를 하고 있는 건 아사쿠라뿐이었고, 난 건성으로 대답하기를 고수하고 있었다.

그런 지옥의 문 앞에서 야영을 하는 듯한 식사가 1시간 정도 계속되자 어깨가 다 굳었다.

마침내 아사쿠라가 자리에서 일어났다.

"나가토, 남은 건 다른 그릇에 넣어 냉동해놔. 냄비는 내일 가지러 올게."

나도 그 뒤를 따랐다. 족쇄에서 해방된 것 같은 기분이다. 애매하게 고개를 끄덕이고 있던 나가토는 고개를 숙인 채 우리를 문까지 배웅했다.

아사쿠라가 먼저 나간 걸 확인한 뒤,

"그럼 잘 있어라."

난 문가에 선 나가토에게 속삭였다.

"내일도 동아리방에 가도 될까? 요샌 방과 후에 달리 갈 데가 없거든."

나가토는 날 가만히 바라보다가….

희미하지만 확실하게 미소를 지었다.

현기증이 났다.

엘리베이터에서 내리는데 아사쿠라가 의미심장한 미소를 지으며 말했다.

"너, 나가토를 좋아하니?"

싫은 건 아니다. 좋아하냐 싫어하냐 그렇게 묻는다면 전자겠지만 원래 싫어할 만한 이유 자체가 없다. 생명의 은인이기도 하다. 그렇다. 아사쿠라, 너의 흉악한 칼에서 날 구해준 나가토 유키를 내가 싫어할 리가 없잖아.

…라는 말은 할 수 없었다. 이 아사쿠라는 그 아사쿠라가 아닌 것 같고, 나가토도 그렇다. 여기서는 나만이 미쳐 있는 듯 다들 평범한 사람이 되었다.

SOS단은 여기에는 없다. 대답이 없는 나를 어떻게 생각했는지, 미인인 반 친구는 코웃음을 쳤다.

"그럴 리가 없겠지. 내가 괜한 생각을 했나보다. 네가 좋아하는 건 좀더 특이한 애일 텐데, 나가토는 거기에는 해당하지 않잖아."

"어떻게 내 취향을 알아?"

"쿠니키다가 하는 말을 들었어. 중학교 때부터 그랬다면서?"

그 자식, 말도 안 되는 소리를 지껄이고 다니다니. 그건 쿠니키다의 착각이다. 그냥 흘려넘거라.

"그런데 너, 나가토랑 사귈 거라면 진지하게 생각해야 된다. 안 그러면 내가 용서하지 않을 거야. 저렇게 보여도 나가토는 정신적으로 약한 애니까."

아사쿠라가 나가토를 왜 이렇게 신경 쓰는 거지? 내가 있던 세계의 아사쿠라는 나가토의 지원 요원이었으니 이해가 간다. 뭐, 결국에는 미쳐서 제거되었지만.

"같은 맨션에 사는 이웃끼리의 정이야. 그냥 가만히 내버려둘 수 없더라고. 걔를 보고 있으면 위험해 보여. 지켜주고 싶다니까."

이해가 갈 듯 말 듯하다.

대화는 거기에서 끝나, 아사쿠라는 5층에서 엘리베이터를 내렸다. 505호실이었지.

"내일 보자."

내게 향한 아사쿠라의 미소를 닫히는 문이 가로막았다.

맨션에서 나오자 어두운 공기는 신선식품 냉장차 안처럼 차갑게 식어 있었다. 역풍이 몸에서 열과 그 이외의 무언가를 빼앗아간다.

관리인 할아버지에게 인사를 할까 했지만 그만뒀다. 관리인실의 유리문은 굳게 닫혀 있고 불도 꺼져 있었다. 자고 있나보지.

나도 어서 잠이나 자고 싶다. 꿈속에서라도 좋으니 그 녀석이라면 다른 사람의 꿈에도 무의식에 찾아올 수 있을 것이다.

"있어도 없어도 민폐니까 중요한 순간에는 좀 나와줘도 되는 거 아냐. 가끔은 내 소원을 들어줄 수도 있잖아…."

밤하늘에게 말을 하는 사이 내가 무슨 생각을 하고 있는지를 깨

닫고 깜짝 놀랐다. 그런 끔찍한 생각을 해버린 머리를 어디다 대고
확 박아버리고 싶어졌다.

"무슨 생각을 하는 거야."

뱉어낸 말이 하얀 숨결이 되어 흩어진다.

난 하루히를 만나고 싶었다.

제3장

12월 20일.

세계가 이상해진 지 3일째 아침, 꿈도 없는 잠에서 깨어난 나는 여전히 위 속에 30밀리미터 탄알이 다스 단위로 들어 있는 듯한 기분으로 침대에서 일어났다. 이불 위에 누워 있던 샤미센이 굴러떨어져 바닥 위에 길게 뻗었다. 그 배를 가볍게 밟으며 난 한숨을 쉬었다.

방문 사이로 동생이 얼굴을 내밀었다. 일어난 나를 보고 아쉽다는 표정을 짓고선,

"샤미가 말했어?"

그저께 밤부터 이것만 물어댄다. 내 대답도 변함없다.

"아니."

발가락을 깨무는 고양이의 부드러운 털 감촉을 맛보고 있는데, 직접 만든 '밥노래'를 부르며 동생이 샤미센을 데리고 갔다. 고양이는 좋겠어. 먹고 자고 털을 고르는 게 일이니까. 하루 정도 입장을 바꿔줬으면 하는 바람이다. 의외로 내가 찾고 있던 아이템을 쉽게 찾아줄 가능성도 있는데.

그렇다, 열쇠는 아직 찾지 못했다. 열쇠가 뭔지도 모르겠다. 프

로그램 가동 조건. 오늘 안에 어떻게든 하지 않으면 분명 세계는 이대로 이어지겠지. 더 악화될 가능성도 있다. 기한이라…. 왜 그런 걸 설정한 거야? 나가토도 기간 한정 서비스를 하는 게 한계였던 걸까?

아무것도 이해하지 못한 채 난 학교로 향했다. 흐린 하늘은 당장에라도 눈발을 뿌릴 듯 사람들의 머리 위에 펼쳐져 있었다. 올해는 화이트 크리스마스가 될지도 모르겠다. 눈이 내리면 쌓일 것 같다. 요새는 이 근처에서 눈이 쌓이는 걸 본 적이 없지만, 이 추위로는 충분히 가능성이 있다. 그렇게 되면 분명 하루히는 강아지보다 더 기뻐하며 겨울 시즌에 맞는 이벤트를 시작하겠지. 하루히가 있다면.

도중에 시선을 빼앗길 만한 것도 없이 평범하게 난 학교로 향했고, 언덕길을 올라가 1학년 5반 교실에 도착했다. 무기력함이 체력에 반영된 탓에 느릿느릿 걷고 있다보니 예비종이 울리기 직전에야 자리에 앉았다. 어제와 마찬가지로 반 아이들이 많이 빠졌지만 놀랍게도 타니구치는 하루만 쉬고 학교에 나왔다. 마스크는 아직 벗지 않았지만 오늘도 등교를 했다. 이 녀석이 이렇게 학교를 좋아하는 줄은 처음 알았다.

그리고 오늘도 뒷자리에서는 아사쿠라가 의미심장한 미소를 짓고 있었다.

"안녕."

누구에게나 다 그렇듯 아사쿠라는 경쾌하게 인사했다. 난 대충 인사를 했다.

종이 울리자 동시에 담임 오카베는 바람같이 등장해 조회를 시작했다.

　요일 감각마저 틀어진 것 같은 느낌이다. 오늘 수업 시간표가 내가 기억하고 있는 시간표가 맞는지 그것조차 애매해졌다. 지금의 나는, 지난주의 오늘과 똑같다고 단언할 수도 없다. 어제와 오늘 시간표가 바뀌었다 해도 알아차리지 못했을 것이다. 역시 이상한 건 나인가? 스즈미야 하루란 녀석은 처음부터 없었다. 아사쿠라는 우리 반의 인기인. 아사히나 선배는 손이 닿지 않는 선배고 나가토는 단 한 명뿐인 문예부원.

　그게 올바른 것이고 SOS단이란 지금까지 내가 꿈꿨던 망상이었을까.

　안 돼. 점점 비관적이 된다.

　1교시 체육, 축구 시합에서는 우리 진영의 골을 지킬 생각이 전혀 없는 수비수를 연기했고, 2교시 수학을 적당하게 흘려듣는 사이 쉬는 시간이 되었다.

　책상에 엎드려 이마를 식히고 있는데.

　"여, 쿈."

　타니구치였다. 마스크를 턱 아래로 내리고 여느 때처럼 실실거리는 미소를 짓고 있다.

　"다음 시간 화학인데 오늘은 내가 지적당할 차례거든. 좀 가르쳐 줘라."

　내게 가르침을 청하다니 주제도 모르는군. 서로의 학력 레벨이야 이미 뻔히 알고 있는 사이잖아. 네가 모르는 걸 내가 알 리가 없는 걸 잘 알면서.

"어이, 쿠니키다."

난 화장실에서 돌아온 다른 콤비를 불렀다.

"수소화나트륨에 대해 알고 있는 모든 정보를 타니구치한테 전해 줘라. 특히 염소와 사이가 좋은지 어떤지를 알고 싶대."

"나쁘지는 않지 않나? 섞으면 중화되니까."

다가온 쿠니키다는 타니구치가 펼친 교과서를 들여다보았다.

"아, 이 문제구나. 간단해, 일단 몰로 계산해. 그런 다음 그램에 끼워 맞추면 답이 나와. 그러니까."

잘 알고 있는 녀석이 당연하다는 듯 어려운 문제를 풀고 있는 모습에는 무기력한 느낌밖에 느껴지지 않았다.

타니구치는 고개를 끄덕이고 있었지만, 쿠니키다의 계산이 클라이맥스에 도달할 즈음 해서 외울 생각이 없어진 듯 보였다. 내 책상에서 샤프를 집어들고 교과서 여백에 쿠니키타가 말해주는 숫자와 기호를 적어 넣었다.

그 작업이 일단락된 뒤 묘한 미소를 지었다.

"콘, 축구할 때 쿠니키다한테서 들었는데, 너 그저께 무슨 소동을 피웠다면서?"

그저께라면 너도 있었잖아.

"점심시간에는 보건실에서 잤지. 오후에도 나른해서 멍하니 있었고. 오늘 처음 들었어. 아사쿠라가 있네 없네 하면서 완전 맛이 갔었다던데?"

"그래."

난 손을 흔들었다. 어서 꺼지라는 신호였지만, 타니구치는 여전히 실실거리는 면상을 하고선 말을 이었다.

"그 자리에 있어야 했는데. 네가 소리치고 난동을 부리는 건 좀처럼 볼 수 없는 구경거리잖냐."

쿠니키다도 기억을 되살리는 표정을 지으며 말했다.

"콘도 이제 제정신 차린 것 같네. 아사쿠라한테는 무뚝뚝하지만. 걔랑 무슨 일 있었냐?"

설명해도 머리가 텅 빈 인간 취급을 받을 게 뻔하다. 그러니까 말 안 할래. 사리에 맞잖아.

"그리고 보니 누구 대신에 아사쿠라가 있는 게 이상하다고 했잖아. 그 사람 찾았냐? 하루히라고 했던가? 그게 대체 누구야?"

그만 좀 캐물어라. 지금의 나는 그 이름을 들으면 반사적으로 몸이 떨리니까. 앵무새의 무의미한 울음소리같이 단순한 반복이라 해도 말이다.

"하루히?"

그것 봐, 타니구치도 고개를 갸웃거리고 있잖아. 고개를 갸웃거리며 이런 소리를 했다.

"그 하루히라는 게 혹시 스즈미야 하루히를 말하는 거냐?"

그래, 그 스즈미야 하루히….

목뼈가 빠드득 소리를 냈다. 난 천천히 멍청한 얼굴을 돌아보았다.

"야, 타니구치. 너 지금 뭐라고 했냐?"

"그러니까 스즈미야 말하는 거 아냐? 히가시 중학교에 있던 맛간 여자애. 중학교에선 계속 같은 반이었는데. 그러고 보니 요샌 뭘 하고 있나 몰라. —그런데 콘, 네가 어떻게 걔를 아냐? 아사쿠라 대신이라니 무슨 소리야?"

눈앞이 순간 새하얘졌다—.

"너! 이 문어 대가리야!"

소리를 치며 난 덤벼들었다. 그 기세에 겁을 먹었는지 타니구치는 쿠니키다와 동시에 한 발자국 뒤로 물러났다.

"누구보고 문어 대가리란 거야. 내가 멍청이면 넌 오징어. 그리고 우리는 대대로 흰머리가 정정하게 붙어 있는 집안이라고. 장래를 생각한다면 네가 더 위험할걸."

시끄러워. 참견 마라. 난 타니구치의 멱살을 잡고 힘껏 잡아당겨선 코끝이 닿을 정도로 얼굴을 가져갔다.

"너 하루히를 아냐?"

"알고 자시고, 앞으로 50년은 못 잊을걸. 히가시 중학교 출신 중에 걔를 모르는 녀석이 있으면 건망증을 걱정하는 게 좋을 거다."

"어디야?"

내 목소리는 신음하듯 새어나왔다.

"그 녀석은 어디 있지? 하루히는 어디 있냐? 어디에 갔어?"

"왜 시끄럽게 둥둥거려? 네가 북이냐. 스즈미야한테 첫눈에 반하기라도 한 거야? 그만둬라. 이건 나의 친절한 마음에서 우러나오는 충고다. 그 녀석은 이무야 하이 레벨이지만 성격이 완전 끝장이야. 예를 들면 말이지."

운동장에 흰 선으로 의미 불명의 도형을 그리기도 하고 말이지. 잘 알아. 내가 알고 싶은 건 과거의 그 녀석이 저지른 악행이 아니다. 지금 하루히가 어디에 있느냐다.

"코요엔 학원."

이라고 타니구치는 대답했다. 수소의 원자번호를 대답하는 것처럼.

"아래 역 앞에 있는 고등학교에 다닐 거야. 뭐 머리는 좋았으니까. 끝내주는 진학교에 가신 거지."

진학교?

"코요엔 학원이 그렇게 수준이 높았냐? 아가씨 학교잖아."

타니구치는 연민에 찬 시선을 던졌다.

"콘, 네가 나온 중학교에서는 뭘 가르쳤는지 모르겠지만 거기는 옛날부터 공학이었어. 그리고 유수한 진학률을 자랑하는 명문이라고. 그런 학교가 같은 학군 안에 있다니 완전 민폐라니까."

무슨 일만 있으면 비교를 당한다는 타니구치의 투덜거리는 소리를 들으며 손을 놓았다.

왜 이걸 깨닫지 못한 거지, 내가 생각해도 울화통이 터졌다.

하루히가 키타고에 없다는 사실만 가지고 완전히 세계 어디에도 존재하지 않는다고 믿다니, 내 상상력은 현재 꼴등 이하로 결정되었다. 내년 여름에 시골에 내려가면 함께 툇마루 아래에서 얘기를 나누는 편이 잘 어울리겠다.

"야, 왜 그래?"

타니구치는 셔츠 앞을 털며 말했다.

"야, 쿠니키다 역시 이 녀석 좀 이상하다. 좀 위험한 거 아냐?"

마음대로 떠들어라. 지금은 전혀 신경 안 쓰이니까. 멋대로 떠들어대는 타니구치보다, 심각하게 고개를 끄덕이고 있는 쿠니키다보다 훨씬 더 화가 나는 녀석이 있다.

이렇게 찾기 힘든 행운이라니. 내 자리 가까이에 히가시 중학교 출신 녀석이 있었다면 그저께 점심에 타니구치가 교실에만 있었다면, 난 좀더 쉽게 하루히의 이름을 들을 수 있었을 것이다. 누군가가 조작이라도 한 걸까. 그 녀석, 좀 나와봐. 한 대 좀 때려줄게. 하지만 그것도 나중으로 미룰 수 있다. 알아내야 할 얘긴 다 알아냈다. 그럼 이제는 행동만이 남았다.

"어디 가냐, 콘? 화장실 가?"

쿠니키다의 말에 뒤를 돌아보면서도 빠른 걸음으로 문을 향해 걸어가며 대답했다.

"조퇴한다."

한시라도 빨리.

"가방도 안 갖고?"

방해돼.

"쿠니키다, 오카베가 물으면 난 페스트와 이질과 장티푸스에 한꺼번에 발병해 걸려 죽을 것 같다고 전해다오. 그리고 타니구치."

입을 벌리고 내 행동을 바라보고 있던 사랑스러운 반 친구에게 난 진심으로 감사하는 마음을 전했다.

"고맙다."

"어, 어…?"

미리 옆에 손가락을 대고 빙글빙글 돌리고 있는 타니구치에게서 시선을 돌린 나는, 교실을 뛰쳐나갔고, 1분 뒤에는 학교를 뛰쳐나가고 있었다.

급경사인 언덕길을 빠르게 달려 내려가기란 어려운 일이다. 10분쯤은 급격하게 속도가 올라 옆도 안 보고 달렸지만, 마음은 몰라도 두 다리와 양쪽 폐가 혹사 좀 그만하라며 항의에 들어갔다. 생각해 보면 3교시가 끝난 뒤에 가도 충분했는데. 이 시기라면 코요엔 학원도 단축수업을 하겠지만, 학교가 끝나기 전까지만 도착하면 된다. 키타고에서라면 산책하는 기분으로 걸어가도 한 시간도 안 걸리는 거리다.

시간 배분에 실패했음을 깨달은 것은 일과가 된 강제 하이킹 코스를 다 내려와 전철 노선 상에 위치한 사립 고등학교가 보이기 시작한 무렵이었다. 학교가 조용한 건 수업 중이기 때문일 것이다. 난 손목시계를 확인했다. 우리 고등학교와 다를 바가 거의 없을 테니 아마 지금은 3교시 수업 중일 것이다. 그렇다는 건 문이 열리려면 앞으로 한 시간 이상은 더 걸린다는 말이다. 이 추운 겨울에 멀뚱하니 기다리고 있어야 한다.

"아니면 그냥 쳐들어갈까…."

하루히라면 그렇게 할 테고 끝까지 해치울 수 있겠지만 내겐 그럴 자신도 없어서 교문으로 걸음을 옮기다 황급히 U턴을 했다. 닫힌 문 앞에 무서워 보이는 경비원이 서 있었다. 역시 사립이다. 돈 드는 짓을 하고 있네.

울타리를 넘어 침입할 수도 있지만, 끝까지 상당한 거리가 있는 데다 가시철망까지 둘려 있는 걸 보니 얌전히 기다리는 게 좋을 것 같다. 억지로 쳐들어갔다 잡히기라도 하면 모든 게 끝이다. 여기까지 와서 게임 오버만은 사양이다. 하루히와는 달리 난 자중해야 할 때는 그렇게 할 줄 안다고.

그렇게 기다리길 두 시간 가까이.

낯선 종소리가 들리고 잠시 뒤에 교문에서 흘러넘치듯 학생들이 쏟아져 나왔다.

역시 타니구치가 말한 대로 공학이었다. 여학생들의 검은 재킷 차림은 그대로였지만, 여학생들 사이에 섞여 남학생들의 검은 차이나 칼라 교복 차림이 함께 하굣길을 서두르고 있었다. 여자가 세일 러복이고 남자가 재킷인 키타고와는 반대다. 남녀의 비율은 여자가 약간 많은 것 같은데….

"아니, 저건."

남자애들 사이에 몇 명 눈에 익은 녀석들이 있었다. 1학년 9반 애들이다. 사라진 줄 알았는데 이 학교로 왔구나.

우연인지 어쩐지 같은 중학교 출신 녀석은 없었다. 얼굴을 아는 녀석들도 나를 못 알아본 채 의심쩍은 시선을 흘낏 던지고 바로 지나칠 뿐이었다. 지금의 그들에게는 다른 역사가 새겨지고 있겠지. 키타고에 다니는 것보다 행복한 역사일지도 모르겠다. 언덕길을 오르지 않아도 되니까.

난 계속 기다렸다. 쉽게 만날 수 있을지 확률은 반반이다. 만에 하나 그 녀석이 동아리에 소속되어 있다거나 일이 있어 학교에 남아 있다면 그때까지 난 여기서 허수아비가 되어야 한다. 제발 부탁이니 빨리 좀 나와라. 그리고 내 앞에 나타나다오.

만약 이 코요엔 학원에 다른 SOS단이 존재하고 있고, 나와 다른 멤버들을 대신해 다른 녀석들이 거기서 지내고 있다면….

그렇게 생각하자 오장육부가 뒤집히는 것 같은 반란을 일으키려 했다. 나와 아사히나 선배와 나가토와 코이즈미한테는 이제 볼일이 없다는 건 아니겠지. 그렇다면 난 조역도 안 되고 완전한 외부인이 되어버리잖아. 그것만은 안 된다. 누구한테 기도해야 좋을까. 그리스도? 석가? 마호메트? 마니? 조로아스터? 러브크래프트(주6)? 뭐든 좋으니까 나의 이 불안감을 없애만 준다면 난 어떤 신화나 전설도 다 믿을 것이다.

길거리의 수상한 종교 단체 권유 작업이라도 할 수 있다. 물에 빠진 사람은 지푸라기라도 잡는 법이고, 그리고 힘없이 물 속으로 빨려들어간다. 그 기분이 지금은 똑똑히 이해가 갔다.

초조감과 짜증과 소심해지는 감각에 가득한 십여 분이 흘렀다.

"…후우."

내가 내뱉은 한숨의 의미를 나 자신도 파악이 안 갔다. 어째서 난 이렇게 성대한 한숨을 쉬고 있는 걸까.

있다.

교문에서 쏟아져나오는 검은 재킷과 차이나 칼라 교복 무리 가운데 수명이 다할 때까지 잊을 수 없는 여자의 얼굴이 섞여 있었다.

머리가 길다. 입학식 후의 자기소개에서 말도 안 되는 소리를 해 반 분위기를 고체로 만들어버렸을 때처럼, 허리까지 오는 긴 머리다. 가만히 지켜본 뒤 난 손을 꼽아가며 요일을 확인했다. 오늘은 스트레이트의 날이 아니다. 이곳의 이 녀석은 머리 모양에 변화를 안 주고 있나보다.

코요엔 학원 학생들이 성가시다는 듯 좌우를 스쳐 지나간다. 우뚝 멈춰 선 다른 학교 남학생을 그들은 어떻게 생각할까. 뭐라 생각해도 상관없다. 지금의 나에겐 그런 데 신경 쓸 여유가 없다.

주6) 러브크래프트: 쿠툴루 신화를 구축하여 잘 알려진 미국의 공포소설 작가.

난 우뚝 선 채 다가오는 재킷 교복 차림의 여학생을 바라보고 있었다.

스즈미야 하루히.
드디어—찾았다.

갑자기 미소가 나온다. 발견한 건 하루히뿐만이 아니었다.

하루히의 옆에서 걸어가며 뭔가를 얘기하고 있는 차이나 칼라 교복 차림의 학생, 그것은 코이즈미 이츠키의 지긋지긋한 스마일 페이스였다. 뜻하지 않은 부록까지 딸려왔다.

이곳에서의 이 녀석들은 친하게 하교하는 사이인가. 그런 것치고 하루히는 별로 기분 좋은 표정이 아닌데. 내 기억에 있는 고교 입학 초기 상태를 유지하고 있다. 가끔 옆을 보며 뭐라고 대답을 던진 뒤 다시 뚱한 표정으로 아스팔트 바닥에 약간 매서워 보이는 눈길을 떨구고 있다.

예전의 저 녀석이다. SOS단의 발족을 떠올리기 전까지 학교 어디에서도 그렇게 지냈던, 강한 적을 찾지 못하는 것에 짜증을 내며 넘쳐나는 힘을 주체 못하는 격투가와 같은 표정이 나는 너무나도 그리웠다. 그 무렵의 하루히도 이랬다. 뻔한 일상에 따분해하기는 했지만, 원하는 것을 필사적으로 스스로 만들어내겠다는 생각까지는 못 하던 시대의 하루히이다.

아니, 감회에 젖는 건 뒤로 미루자. 두 사람의 모습이 점점 다가온다. 날 알아차린 것 같지는 않다.

한심하게도 내 심장은 자제할 수도 없을 정도로 빠르게 뛰고 있

었다. 지금 내과에 찾아가면 의사가 귀에서 청진기를 뺄 정도로 평키한 투 비트를 연주하고 있을 것이다. 이 추운 날씨에 땀까지 나온다. 무릎이 떨리고 있는 건 착각 탓이라 여기고 싶다. 내가 이렇게까지 겁쟁이일 리는 없다.

─왔다. 바로 눈앞에 하루히와 코이즈미가 있다.

"아!"

가까스로 목소리를 냈다.

고개를 든 하루히와 눈이 마주쳤다.

검은 양말을 신은 발이 멈추었다.

"뭐야?"

냉장실에 낀 서리처럼 차가운 시선이었다. 그 시선이 내 전신을 재빨리 한 바퀴 훑어본 뒤 다른 곳으로 했하며,

"무슨 일이야? 아니, 그보다 넌 누구야? 난 모르는 남자한테서 야라고 불릴 이유는 없는데. 헌팅 중이라면 다른 데 가서 알아보지 않겠어? 그럴 기분이 아니니까."

예상하고 있었기 때문에 충격은 그다지 크지 않았다. 역시 이곳의 하루히는 나와 만난 적이 없는 것이다.

코이즈미도 멈춰 서서 내게 무표정한 눈길을 던지고 있었다. 나같은 건 본 적도 없고 한 번도 만난 적도 없다고 말하고 싶은 듯한 얼굴이었다.

그 코이즈미에게 말을 걸었다.

"너랑도 처음 보는 사이인가?"

코이즈미가 슬쩍 어깨를 치켜올렸다.

"그런 것 같군요. 누구시죠?"

"여기서도 넌 전학생이냐?"

"전학을 온 건 봄입니다만…, 어떻게 그걸?"

"'기관'이라는 조직에 짐작 가는 거 없어?"

"기관…요? 한자가 어떻게 되나요?"

무던하지만 무의미한 미소는 잘 알고 있는 이 녀석의 것이다. 하지만 날 보는 눈에는 경계하는 빛이 나타나 있었다. 이 녀석도 아사히나 선배와 같다. 나를 모른다.

"하루히."

하루히는 뺨을 움찔 떨며 그 커다란 검은 눈동자로 노려보았다.

"누구 허락을 받고 내 이름을 함부로 부르는 거야? 너 뭐야? 스토커를 모집한 기억은 없어. 비켜. 방해되니까."

"스즈미야."

"성으로 부르는 것도 거절이야. 어떻게 내 이름을 알고 있는 거지? 히가시 중학교 출신이야? 그 교복은 키타고군. 왜 여기에 있는 거지?"

흐음, 하루히는 콧방귀를 뀌며 고개를 돌렸다.

"무슨 상관이람. 코이즈미, 무시하자. 이런 무례한 녀석한테 신경 쓸 거 없어. 어차피 지나가는 바보일 거야. 가자."

왜 하루히와 코이즈미가 나란히 길을 가고 있는지. 여기서는 코이즈미가 내 역할을 맡고 있는 건가. 그 생각이 머리를 스쳤지만 서둘러 생각해야 할 일은 그게 아니다.

"기다려."

날 피해 걸어가려던 하루히의 어깨를 잡았다.

"이거 놔!"

하루히는 팔을 휘둘러 내 손을 뿌리쳤다. 진짜로 화가 났다고 하루히의 얼굴에 씌어 있었다. 하지만 이 정도로 이 녀석을 그냥 보낼 수는 없다. 뭣 때문에 여기까지 왔는데.

"끈질기게!"

몸을 숙인 자세에서 하루히는 감탄이 나올 정도로 멋진 폼으로로 킥을 날렸다. 내 정강이에 통증이 느껴져 차라리 기절해버리고 싶었지만, 고통에 뒹구는 건 당분간 보류다. 겨우 선 자세를 확보하며 난 몸과 마음 모두 비통한 심정으로 말을 했다.

"하나만 가르쳐줘."

정말이지 용기를 짜내야만 했다. 이게 통하지 않는다면 정말 손쓸 길이 없다. 마지막 희망—이제부터 던지는 건 그런 질문이다.

"3년 전 칠석날을 기억하고 있어?"

자리를 뜨려던 하루히가 멈춰 섰다. 긴 검은 머리를 늘어뜨린 뒷모습을 향해 난 말을 계속했다.

"그날 넌 중학교에 몰래 들어와 운동장에 석회 가루로 그림을 그렸지."

"그런데?"

뒤를 돌아본 하루히는 화가 난 표정이었다.

"그런 건 모두 다 아는 사실이야. 그게 뭐가 어쨌다는 거야?"

난 말을 골라가며, 그래도 빠르게 말하기로 했다.

"학교에 잠입해 들어갔던 건 너 혼자가 아니었을 거야. 아사히나…, 여자애를 업은 남자가 같이 있었고 넌 그 녀석과 그림 문자를 그렸다. 그건 견우와 직녀에게 보내는 메시지야. 내용은 아마 '난 여기에 있다'—."

계속해서 말을 이을 수가 없었다.

뻗어나온 하루히의 오른손이 내 넥타이를 잡고 있는 힘껏 조였기 때문이다. 무시무시한 힘에 이끌려 몸을 숙인 나는 이마를 하루히의 돌머리에 있는 힘껏 부딪혔다.

"아프잖아!"

투덜대려 노려보자 상대도 날 노려보고 있었다. 바로 가까이에 날카로운 눈빛이 내 눈을 향해 한눈도 팔지 않은 채 날아오고 있다. 오랜만에 보는걸, 하루히의 화난 얼굴도 말이지.

반쯤 폭발 직전의 여자는 당황한 목소리로.

"어떻게 알았지? 누구한테 들었어? 아니, 난 아무한테도 말 안 했는데. 그때….."

말을 끊고 하루히는 표정을 바꾸며 내 교복을 주시했다.

"키타고…, 설마. …네 이름은?"

멱살을 잡혀 있어 숨이 막혔다. 이 괴력 여인네야. 하지만 지금은 변함없는 하루히의 파워를 그리워하고 있을 때가 아니다. 내 이름. 아직까지 한 번도 이 녀석에게 불린 적이 없는 본명을 말해야 할까, 완전히 정착해버린 바보 같은 별명을 말해야 할까.

아니, 그 둘 다 지금의 이 녀석에게는 안 통할 것이다. 둘 다 들어보지 못한 명칭일 테니까. 그렇다면 내가 밝혀야 할 고유명사는 이것밖에 없다.

"존 스미스."

가능한 한 냉정한 말투를 유지하려 노력했지만 멱살을 잡힌 상황이니 숨 막힌 듯한 목소리가 나오는 건 봐주길 바란다…, 그런 생각을 하는데 다음 순간 멱살을 압박하고 있던 강한 힘이 사라졌다.

"…존 스미스?"

넥타이에서 손을 떼고 하루히는 멍한 표정으로 한 손을 공중에서 멈췄다. 지금 나는 좀처럼 볼 수 없는 광경을 보고 있는 것이다. 스즈미야 하루히가 사신에게 영혼을 빼앗기기라도 한 듯 입을 쩍 벌리고 있다.

"네가? 네가 존이라는 거야? 히가시 중학교에서… 그걸 도와준… 특이한 고등학생…."

갑자기 하루히는 비틀거렸다. 칠흑 같은 머리를 얼굴 앞에 펄럭이며 휘청거리자 코이즈미가 팔을 뻗어 잡아주었다.

연결되었다.

도와줬다기보다 거의 내가 다 했잖아—라고 반론해 시간을 낭비할 생각은 없다. 그렇다, 난 드디어 단서를 찾아낸 것이다. 이상해진 세계에서 단 한 명, 과거의 기억을 공유하고 있는 인간을.

역시 너였냐.

다른 누구도 아닌 스즈미야 하루히.

이 하루히가 3년 전의 칠석에 나와 만났다면, 거기서부터 3년 후의 이 세계는 그 시점에서 계속되고 있다는 소리다. 모든 것이 '없었다'는 건 아니었나. 내기 아사히나 선배와 3년 가까이 되는 시간을 거슬러 올라갔다가 나가토의 힘에 의해 다시 원래 세계로 복귀했던 그 역사는 분명히 존재했다. 어디서 잘못되었는지는 아직 알수 없지만 적어도 3년 전까지 이 세계는 내가 알고 있는 세계로 존재했다.

대체 무슨 일이 일어나 나만 제정신을 가진 채 여기로 빠져들게 된 걸까?

하지만 그 생각도 나중으로 미루자.

하루히가 말을 잃었다는 진기한 모습을 구경하며 난 말했다.

"자세한 사정을 얘기하고 싶어. 지금 시간 있냐? 얘기가 좀 길어질 것 같은데…."

셋이서 나란히 걸어가는 도중에 하루히가 말했다.

"존 스미스하고는 두 번 만났어. 그 뒤에 바로, 내가 집에 가려고 걸어가는데 뒤에서 목소리가 들렸어. 뭐라고 했더라…. 아, 맞다! 그러니까 '세계를 오지게 들썩이게 만들기 위한 존 스미스를 잘 부탁해!'라고 외쳤어. 그게 무슨 뜻이야?"

그런 짓은 한 적 없는데. 운동장에서 하루히가 사라진 걸 확인한 뒤 난 아사히나 선배를 깨워 그대로 같이 나가토의 맨션으로 서둘러 갔으니까. 또 다른 존 스미스가 있었던 건가? 그런데 왜 하필이면 그런 소리를 한 거야, 그 존 스미스는.

마치 하루히에게 괜한 지식을 주입하기 위해 소리친 것 같잖아.

"그건 히가시 중학교에서 만난 녀석하고 같은 녀석이었어?"

"멀었어. 어두웠고. 둘 다 얼굴은 기억이 안 나. 하지만 목소리와 분위기는 그래, 너랑 비슷했던 거 같아. 키타고 교복이었고."

어째 일이 복잡해졌다. 겨우 이어졌나 싶었더니 또 어긋났잖아.

일단 근처에 있는 커피숍에 들어갔다. 이왕이면 늘 SOS단이 집합 장소로 애용하는 역 앞의 단골 커피숍이 좋을 것 같았지만 여기서는 조금 멀다.

"내가 알고 있는 너는 키타고에 있었고, 입학식 뒤에 이런 소리를 했어…."

주문한 음료가 나오기 전부터 난 설명을 시작했고, 나온 카페오레가 원샷을 할 수 있을 정도로 식었을 무렵에는 대강의 얘기를 하나도 숨기지 않고 요약 설명을 마쳤다. 우주인에 미래인, 초능력자가 모인 SOS단. 문예부 동아리방.

특히 칠석의 시간 여행은 자세히 설명했다. 그게 제일 중요한 부분이라 생각했기 때문이다.

대충 넘긴 건 하루히가 신이나 시공의 왜곡이나 진화의 가능성이나 그런 것 중 하나일 거란 부분이다. 어느 게 사실인지는 정확하지 않으니까. 단순히 하루히에게 기묘한 잠재적 파워, 세계를 바꿀 수 있을지도 모르는 불확실한 능력이 있는 것 같다는 정도로 설명을 마쳤다.

그래도 이 녀석의 마음을 끌기에는 충분했는지, 하루히는 열심히 생각에 잠긴 척한 뒤 이렇게 말했다.

"어째서 내가 생각한 우주인 어를 읽을 수 있었던 거지? 나라면 여기에 있으니까 빨리 나타나라고 쓴 건 맞는데."

"번역해준 녀석이 있었어."

"그게 우주인이야?"

"우주인이 만든 내인류 기뮤니케이션용 휴머노이드 인터페이스 …였던가?"

난 나가토 유키에 관해 대강 설명했다. 문예부실의 부록인 줄 알았더니 의외의 설정을 갖고 있던 무표정한 독서광. 그리고 아사히나 선배에 대해서도 가르쳐주었다. 등신대 옷 갈아입히기 마스코트 겸 선전 담당 겸 동아리방 전용 메이드이며 실체는 미래인. 난 그녀를 따라 3년 전 칠석 날 저녁으로 시간 여행을 했다. 갈 때는 나가토의 신세를 졌다.

"그때의 존이 너라는 거야? 음, 믿어줄 수도 있어. 그래, 시간 여행이라고…."

하루히는 미래인을 보는 듯한 눈으로 날 뚫어져라 쳐다보다 살짝 고개를 끄덕였다.

이해력이 무지 좋네. 설마 이렇게 쉽게 믿어줄 줄은 생각도 못했다. 예전에 단둘이 시내 신비 탐방을 갔을 때 그 커피숍에서 넌 내 얘기를 전혀 믿지 않았다고.

"저쪽의 나는 정말로 바보구나. 난 믿어."

하루히는 몸을 앞으로 내밀었다.

"그쪽이 훨씬 더 재미있잖아!"

큰 꽃이 활짝 핀 듯한 미소가 눈에 익다. 내가 처음 본 하루히의 미소다. 영어 수업 중에 SOS단 설립을 떠올렸을 때 짓던 100와트짜리 미소였다.

"그리고 난 그 뒤로 키타고 학생을 모두 다 조사해봤거든. 잠입도 했지. 그런데 존 같은 사람은 없었어. 좀더 얼굴을 자세히 봐둘걸 그랬다고 후회했었는데. 그래, 3년 전에 넌 키타고에는 없었던 거구나…."

당시의 나는 두 패턴이 있었다. 한 명은 중학 생활을 평범하게 보내고 있는 나. 다른 한 명은 나가토의 손님방에서 아사히나 선배와 함께 시간을 동결시키고 있었다.

참고로 이 녀석에 대해서도 말을 해두자.

"거기 있는 코이즈미가 초능력자였어. 너한테는 신세도 많이 졌고 도움도 많이 받았지."

"그게 사실이라면 놀라운 얘기군요."

우아하게 잔을 기울이는 코이즈미는 반신반의하는 눈을 하고 있었다.

난 하루히를 돌아보았다.

"왜 키타고에 안 온 거지?"

"다른 이유는 없어. 칠석 때 일이 있어서 조금 흥미가 있기는 했지만 내가 진학할 때는 존도 졸업했을 테고 찾아봐도 없었으니까. 그리고 코요엔 쪽이 대학 진학률이 높았고, 중학교 담임이 꼭 이 학교에 가라고 매달리더라고. 귀찮아서 그렇게 하기로 했지. 고등학교야 어디나 다 똑같다고 생각했거든."

코이즈미에게도 질문을 던졌다.

"넌 왜 그 학교를 골라 전학 온 거지?"

"글쎄요, 스즈미야 씨와 같은 이유에서요. 제 학력 수준에 맞는 곳에 간 거죠. 키타고가 나쁘다는 건 아니지만 코요엔 학원이 건물도, 시설도 더 좋으니까요."

키타고에는 에어컨도 없지.

하루히가 한숨을 쉬었다.

"SOS단이라…. 굉장히 재미있겠다."

덕분에 그렇지.

"당신의 말을 믿는다면."

옆에서 끼어든 것은 코이즈미였다. 붙임성 좋은 미소를 약간 자제한 젠체하는 얼굴로,

"들은 얘기에 따르면 당신이 처한 상황을 설명하기에는 두 가지 해석이 나올 수 있겠군요."

너무나도 코이즈미가 할 법한 소리였다.

"하나는 당신이 패러렐 월드로 이동했다는 겁니다. 원래 세계에서 이 세계로요. 두 번째 해석은 세계가 당신을 제외하고 완전히 바뀌어버렸다는 거죠."

그건 나도 생각했다.

"하지만 둘 다 의문이 남아요. 전자의 경우에는, 그럼 이 세계에 있던 다른 당신은 어디로 갔는가 하는 게 의문이고, 후자에는 왜 당신만 방치되었는지 하는 겁니다. 당신에게 신비한 힘이 있다면 그걸로 설명이 되겠습니다만."

없다. 단언하겠다. 없다.

코이즈미는 얄미울 정도로 스타일리시한 액션으로 어깨를 치켜올렸다.

"패러렐 월드 이동이라면 당신은 원래 있던 세계로 돌아갈 방법을 찾을 필요가 있어요. 세계 개혁인 경우에는 세계를 원래대로 되돌리기 위한 방법론이 필요합니다. 어쨌든 조기 해결의 길은 그걸 일으킨 게 누구인가를 알아내는 거겠죠. 그 행위자라면 원래대로 되돌릴 방법도 알고 있을 가능성이 크니까요."

하루히말고 누가 또 있겠냐.

"글쎄요, 이세계에서 온 침략자가 지구를 무대로 놓고 있을지도 모르죠. 의외로 갑자기 나쁜 적 캐릭터가 나타날지도 모르잖아요."

진심으로 하는 말이 아니라는 건 딱 봐도 뻔했다. 코이즈미는 척 보기에도 되는 대로 말을 하고 있다. 하지만 하루히는 알아차리지 못했는지 눈을 반짝이고 있었다.

"그 나가토와 아사히나라는 사람하고도 만나보고 싶다. 그래, 그 동아리방에도 가보고 싶은데. 세계를 바꾼 게 나라면, 그럼 뭔가를 떠올릴지도 모르잖아. 존, 너도 그러는 게 좋겠지?"

뭐, 그래. 반대할 이유는 없다. 이 현상이 이 녀석이 한 짓이라면 —난 그렇게 생각했지만—그걸로 뭔가를 알아낼 수 있을지도 모르는 일이고, 나가토와 아사히나 선배도 날 기억해줄지도 모른다. 우주인과 미래인의 부하가 제정신을 차려준다면 아마 이 사태를 타개할 방법도 찾을 수 있을 것이다. 그런데 존이란 게 날 말하는 거냐?

"콘이라고 했던가? 그것보다는 낫잖아. 존이 훨씬 더 사람 이름 같은데. 서양에서는 흔한 이름이야. 콘이라는 촌스런 별명은 누가 붙인 거야? 너 정말 바보 취급당하고 있구나."

붙인 것은 친척 아줌마이고 퍼뜨린 것은 동생이지만, 그래도 하루히의 비난이 기분 좋게 들리는 건 왜일까. 그렇게 오랜만에 듣는 것도 아닌데.

"그럼 가자."

거의 입도 안 댄 다질링 티를 아쉬워하지도 않은 채, 하루히는 코요엔 학원 공용 가방을 들었다.

일단 물어보기로 했다.

"지금부터? 어디로?"

하루히는 멈춰 서서 거만하게 날 내려다보며 소리쳤다.

"키타고지 어디야!"

선언하자마자 하루히는 커피숍을 경보해서 뛰듯 빠져나갔다. 자동문이 열리는 것도 못 기다리겠다는 듯한 기세였다.

정말 저 녀석다운 행동이라 그 점이 왠지 안심이 됐다.

역시 대단해, 하루히. 넌 언제나 그랬지. 머릿속에 뭔가가 떠오르면 그 2초 후에는 행동을 하고 있어. 그래야 너지.

동아리방 문을 박차듯 열며 등장할 때마다 넌 갑작스런 결정을 우리에게 알려주었어. 놀라지 않는 건 나가토 정도였고….

"아차."

손목시계로 시선을 떨구었다. 이미 수업이 다 끝난 시간이었다. 어제 나가토의 맨션에서 했던 약속을 잊고 있었다. 내일도 동아리방에 가겠다고 했는데 이래서는 지각이다. 문을 노크할 사람을 기다리고 있는 나가토의 작은 모습이 쉽게 상상이 된다. 잠깐만 기다려라. 금방 돌아갈게.

남겨진 전표를 코이즈미가 집었다.

"전 스즈미야 씨 것만 내면 되죠?"

내 것도 내준다면 너한테 가르쳐줄 수도 있는데.

"호오, 뭔가요?"

예전에 이 녀석에게서 들은 얘기를 그대로 돌려주었다. 간단하게 압축해서. 인간원리가 어쩌고저쩌고 하는 하루히 신가설. 이 녀석이 하루히를 앞서 가는 데에 얼마나 열을 내고 있었는지. 섬에서 있었던 자작극 등등.

생각에 잠기는 코이즈미에게 난 다시 질문을 던졌다.

"하루히가 한 걸까, 달리 이 상황을 만들어낸 녀석이 있는 걸까, 뭐가 정답일 것 같아?"

"당신이 말한 스즈미야 씨가 정말로 신과 같은 힘을 갖고 있다면 그녀일지도 모르겠네요."

달리 해당하는 인물이 떠오르질 않으니까. 하지만 그렇다면 하루히는 코이즈미만을 곁으로 부르고 나와 나가토와 아사히나 선배를 내버려둔 게 된다. 내 입으로 이런 말 하기는 뭐하지만 하루히가 우리보다 코이즈미에게 더 집착을 하고 있었다고는 믿어지지 않는다. 이것도 하루히의 무의식이 만든 것인가.

"선택되어서 영광이라고 해야겠죠."

코이즈미는 키득거리며 웃었다.

"왜냐하면 전… 그래요. 전 스즈미야 씨를 좋아하거든요."

"…제정신이냐?"

농담이지?

"매력적인 사람이라고 생각합니다만."

어디선가 들어봤던 말이다. 코이즈미는 진지한 목소리로 말했다.

"하지만 스즈미야 씨는 제 속성에만 관심이 있습니다. 전학생이라는 단지 그 이유만으로 얘기를 하게 되었어요. 평범한 전학생이라 최근엔 질려하고 있는 것 같습니다만. SOS단이라고 했나요? 그곳의 당신에겐 어떤 속성이 있었습니까? 없다면 그건 스즈미야 씨가 정말로 당신을 마음에 들어한다는 소리예요. 그곳에서의 스즈미야 씨가 제가 알고 있는 스즈미야 씨와 같은 인격이라는 가정 하에서 하는 말이지만요."

지금도 옛날도 내게는 이력서에 쓰면 병원행 선고를 받을 만한 이력은 없다. 나도 모르는 사이에 이상한 일에 휘말리고 만다는 쓸모없는 특기를 제외하고는 말이다.

하루히가 문에서 얼굴을 내밀며 정말 멋진 미소를 지으며 소리쳤다.

"뭐 하는 거야. 빨리 와!"

코이즈미가 세 사람몫의 음료수 값을 정산하는 것을 기다렸다. 난 난방이 잘 된 기분 좋은 커피숍에서 하얀 숨이 뿜어져 나오는 바깥 세계로 가볍게 첫 걸음을 내디뎠다.

가게 앞에 택시가 서 있었다. 하루히가 잡은 것 같았다. 그 정도로 빨리 키타고에 가고 싶어 못 참겠나보다. 참고로 내가 종종 코이즈미와 탔던 어디선가 본 듯한 검은색 택시가 아니다. 평범한 옐로캡이다.

"키타고로 전속력으로요!"

올라타며 하루히가 운전사에게 명령했다. 그 다음으로 나, 마지막으로 코이즈미가 뒷좌석에 탔다. 아가씨의 명령하는 말투에 초로의 운전사는 불쾌한 내색도 보이지 않고 쓴웃음을 지으며 천천히 액셀러레이터를 밟았다.

"키타고에 가는 건 좋은데."

난 하루히의 옆얼굴을 보며 말했다.

"그 복장으로는 눈에 띌 텐데. 다른 학교 학생이 들어오려면 이유가 필요하잖아. 선생들한테 들키면 일이 복잡해질 거야."

하루히는 검정 재킷 교복이었고 코이즈미는 차이나 컬러 교복이다. 단축 수업으로 오후가 되면 학생들도 많이 빠져나간다고는 해도 세일러복과 남색 재킷 속에 이 녀석들이 들어가면 딱 보기에도 외부인이라고 선언하는 것이나 마찬가지다.

"그것도 그러네…"

하루히는 3초 정도 생각에 잠겼다.

"쿈, 너 오늘 체육 수업 있었어? 아니, 없어도 상관없어. 체육복을 교실에 놔두지 않니?"

때마침 오늘은 1교시가 축구였다.

"그럼 체육복은 있겠네?"

있긴 한데 그게 왜?

하루히는 씨익 미소를 지었다.

"작전을 가르쳐줄게. 존, 코이즈미, 얼굴 좀 가까이 대봐."

택시 운전사 귀에 들어가도 별로 문제 없을 텐데 하루히는 굳이 우리의 얼굴을 가까이로 모으더니 작전이란 걸 속삭였다.

"너답다."

난 아니라고 대답하며 눈썹을 찡그리는 코이즈미의 복잡한 표정을 보았다.

키타고 근처에서 차에서 내린 나는 먼저 교실로 돌아갔다. 하루히가 고안한 키타고 잠입 작전을 준비하기 위해서다.

참고로 택시비는 코이즈미에게 맡겼다. 여기에서의 녀석은 하루히의 지갑을 대신하는 위치를 감수하고 있는 듯, 게임에서 져 벌칙을 받는 것도 아닌데 고생도 많다고 생각했다. 진짜로 하루히에게 연애 감정을 품고 있는 건가? 대체 어딜 보고 반했는지 물어보고 싶었다. 그러고 보니 하루히는 이상한 행동에도 불구하고 중학교 때에 제법 인기가 있었다고 타니구치가 그랬었지. 뭐, 키타고에서도 SOS단을 만들지 않았다면 하루히는 가차 없이 고백의 행렬을 잘라버렸을 가능성이 있다. 그렇다면 SOS단은 하루히에게 있어 좋은 바람막이 역할을 하고 있다고도 할 수 있다. 그런 수수께끼의 클럽의 수령으로 군림하고 있으면 대개의 상식적인 남자애들은 폭투를 넘기는 타자처럼 회피 행동에 들어갈 거다. 배트를 휘둘러 삼진을 당하거나 머리를 얻어맞는 데드볼보다 4번을 모두 걸러 1루로 나가는 편이 더 나을 테니까.

그런 생각을 하며 맨 위층으로 향했다.

건물 안에는 사람이 별로 없었지만 텅 빈 것은 아니었다. 집에 가 봤자 할 일도 없는 녀석들이 동아리 활동을 위해 남아 있는 모습이 드문드문 보였다. 다행히 1학년 5반 교실에는 아무도 없었다. 그러고 보니 나도 담임 오카베한테 들키면 큰일이다. 무단조퇴를 한 녀석이 돌아왔다는 걸 발견하면 나라도 이유가 알고 싶어질 거다.

누가 해줬는지 내 책상 위는 말끔히 정리되어 있었다. 아사쿠라일지도 모르겠다. 꺼내놨던 필기도구와 노트가 어디 있나 살펴보니 잘 정돈되어 있고, 가방만이 책상 옆에 걸려 있었다. 목표였던 물건은 가방 반대편에 걸려 있었다.

"참 다양한 걸 생각하는 녀석이야."

난 하루히에게 감탄하며 체육복 주머니를 들었다. 이 커다란 천 주머니 안에는 오늘 1교시 때에도 사용했던 반소매 운동복과 반바지, 트레이닝복이 들어 있다. 택시를 타고 오는 도중에 들은 하루히의 머리에서 나온 작전, 그것은 '키타고 학생으로 변장하면 된다'는 지극히 당연한 소리였다. "코이즈미가 네 체육복을 입고 내가 트레이닝복을 입을게. 그리고 뛰면서 당당하게 들어가면 달리기 연습 마치고 돌아온 운동부원인 줄 알 거야. 음, 완벽해."

곤충이 의태를 하듯 자기들도 그렇게 하자는 소리다. 그래도 집에 가는 키타고 학생을 한 명씩 덮쳐서 교복을 벗기는 것보다는 훨씬 낫다.

"그것도 나쁘지 않았겠다."

교문 밖에서 조금 떨어져 있는 모퉁이에서 날 기다리고 있던 하루히는 태연히 그렇게 말을 하며 체육복을 받아들었다.

"차라리 그게 더 눈에 안 띄었을지도 몰라. 너도 그런 멋진 생각을 했으면 빨리 말을 했어야지."

그런 노상강도 같은 짓을 어떻게 하나.

하루히는 주머니 끈을 풀어 전혀 거리낌 없이 뒤집었다. 의류 네 벌이 아스팔트 위로 떨어졌다.

"빨래는 한 거겠지?"

1주일 전쯤에.

"그런데 스즈미야 씨."

코이즈미는 군데군데 진흙이 묻어 있는 내 체육복 세트를 궁지에 몰린 모래쥐가 몽골 호랑이를 보는 듯한 눈으로 쳐다보았다.

"어디서 갈아입죠? 가까이에 차단된 공간이 있으면 좋겠는데."

"여기서 입으면 되잖아."

하루히는 태연히 대답하고선 트레이닝복 바지를 집어들었다.

"사람도 없고 추운 건 잠깐이라고. 아, 안심해. 난 돌아서 있을게. 존도 그렇게 해. 벽이 되는 거다."

내게 은근한 시선을 던지는 건 무슨 짓이냐.

"난 봐도 전혀 싱겁 안 해."

능글맞게 웃으며 트레이닝복 바지에 다리를 집어넣고 그대로 치마 아래에 입고선,

"그렇게 다리가 긴 것 같지는 않은데."

주저앉아 바지를 접어 길이를 조절하고 다시 일어나 치마 후크를

풀었다. 일말의 주저도 없이 허리에서 치마를 떨어뜨리고선 검정 재킷도 벗고 블라우스 단추에 손을 댈 때쯤 해서 난 고개를 옆으로 돌렸다.

"괜찮아. 안에다 티셔츠 입었어."

재킷과 치마 위에 떨어지는 블라우스를 시선 끝으로 확인하며 눈길을 돌렸다. 하얀 반소매 민무늬 티셔츠와 내 트레이닝복 바지를 걸친 하루히가 의기양양하게 가슴을 내밀며 긴 머리를 바람에 펄럭이고 있었다. 그 광경을 보고 있는 사이 왠지 다시 한번 보고 싶다고 생각했던 그림을 떠올렸다.

"야, 포니테일로 묶어보지 않을래?"

하루히는 멀뚱하니 날 쳐다보았다.

"왜?"

딱히 의미는 없어. 그냥 내 취미다.

흐음, 콧방귀를 뀌며 하루히는 싫지는 않은 듯,

"쉬워 보이지만 제대로 묶으려면 꽤 귀찮은데."

그렇게 말하면서도 하루히는 바닥에 던져 놓은 재킷 주머니에서 머리끈을 꺼내 긴 머리를 보기 좋게 하나로 모아 올렸다.

"뭐, 이게 더 운동부답긴 하겠네. 이러면 돼?"

완벽해. 내 눈에는 매력 레벨이 36퍼센트는 증가한 것으로 보인다.

"바보 아냐?"

달리 어떤 반응을 해야 좋을지 알 수 없을 때 이 녀석은 일단 화난 표정을 짓는다. 이미 다 학습한 내용이다.

잠시 뒤 코이즈미도 옷을 갈아입었다. 이 추운 날씨에 반소매 반

바지는 참 추워 보인다. 게다가 그것도 남의 체육복이라면 각별한 기분이 들 것이다. 코이즈미는 소름이 돋은 몸을 문지르며 말했다.

"스즈미야 씨, 이 체육복 재킷은 안 입으세요? 그럼 제가 빌렸으면 하는데요."

자기도 두 팔을 훤히 드러내놓고 있는데 하루히는 추위를 날려 버릴 것 같은 미소를 지으며 대답했다.

"이건 안 돼. 가방을 숨기는 데에 쓸 거거든. 기껏 옷을 갈아입었는데 가방으로 정체가 들통 나면 안 되잖아."

코요엔 학원의 가방은 키타고와는 모양새가 미묘하게 다르다. 하루히는 운동복 재킷을 보자기처럼 펼쳐 자기와 코이즈미의 가방을 감싸고는 나보고 들라고 명령했다. 벗어던진 두 사람의 교복은 체육복 주머니로 직행이다. 이것도 내가 들었다.

"그럼 이제부터."

하루히는 허리에 두 손을 짚었다.

"마라톤을 마치고 돌아온 것처럼 달리는 거야. 알았지!"

그건 좋은데 난 어쩌냐? 이런 짐을 들고 교복 차림을 한 채로 달리기를 하는 운동부원이 어디 있어?

"매니저라고 하면 되잖아. 자, 파이팅! 하나 둘 파이팅! 하나 둘!"

달리기 시작하자, 나와 코이즈미는 순간 시선을 마주한 뒤 동시에 어깨를 치겨올리고 포니테일을 쫓아갔다.

나도, 이 코이즈미도 잘 알고 있다. 달리기 시작한 하루히를 막는다는 것은 어떤 의미에서도, 어떤 상황에서도 불가능하다. 그렇다면 뒤를 따르는 것 외에 다른 선택의 여지는 없다.

뭐, 늘 그렇잖아?

다행인지 불행인지, 키타고의 교문은 산 아래의 사립과 달리 거의 상시 개방 상태이다. 경비원은 어디를 찾아도 보이질 않는다. 아무 문제 없이 통과해 하루히의 목소리를 들으며 짧은 위장 마라톤은 곧 종료되었고, 골인 지점인 현관에 무사히 도착했다. 하루히와 코이즈미가 우리 학교에 들어오는 것이 이렇게 성가실 줄이야. 3일 전까지는 너희도 태연하게 여길 드나들었는데 말야.

"건물 참 썰렁하네. 이거 가건물 아냐? 현립 학교는 이렇게 가난하니? 시험 안 보길 잘한 것 같다."

당연한 감상을 들으며 난 나란히 서 있는 신발장에서 시선을 뗐다. 실내화를 갈아 신고 두 사람의 실내화는 어떻게 할까, 손님용 슬리퍼가 없나 찾아보았지만 하루히는 개의치 않는 듯했다. 가까운 실내화 장을 열고 누구 것인지도 모르는 키타고 학생의 실내화를 꺼내고 있었다.

그 모두가 하루히가 할 만한 짓이라 난 나도 모르는 사이 묘한 웃음을 짓고 있었나보다.

"왜 웃고 그래? 무지 바보 같은 얼굴이다. 난 웃기는 행동은 아무 것도 안 했는데."

그 말을 듣고 입에 힘을 줬다. 분명히 그렇다. 하루히의 폭거는 둘째치고 지금은 웃고 있을 때가 아니다.

이마 비슷한 사이즈일 거라 생각해 코이즈미에겐 타니구치의 신발을 던져줬다.

"죄송합니다."

전혀 죄송하지 않은 목소리로 인사를 하며 코이즈미는 신발을 갈아 신었다. 원래 신고 있던 운동화는 타니구치의 신발장에 넣어주었다.

난 트레이닝복으로 감싼 두 사람의 가방을 옆구리에 끼며 말했다.

"안내할 테니까 따라와."

"잠깐만."

걸어가려는데 하루히가 제지했다. 무의식중에 포니테일 끝을 손가락에 말고 있었다.

"나가토라는 우주인은 문예부에 있는 거지?"

지금은 전직 우주인인 평범한 여고생이지만, 그래도 그 녀석은 내가 갈 때까지 혼자서 기다리고 있을 것이다.

"그 나가토는 도망치지는 않겠군. 먼저 아사히나라는 미래인을 잡으러 가자. 걔는 어디 있지?"

벌써 집에 가지 않았을까…, 생각한 순간 머릿속에서 번쩍 생각이 떠올랐다. 내 영감도 아주 쓸모없지는 않은가보다. 기억을 뒤적일 필요도 없었다. 날 모른다고 단언한 아사히나 선배는 붓글씨 세트를 들고 있었지. 그리고 SOS단에 납치되기 전의 그녀는 서예부에 소속되어 있었다. 그렇다면 지금도 그렇지 않을까.

"알았어. 이쪽이다."

나가토, 미안. 조금만 더 기다려라. 서예부실을 경유해 갈 테니까. 서예부가 오늘 활동을 하길 기원하며, 내 걸음은 자연스레 빨라졌다.

그 동아리방 문을 연 것은 하루히였다. 노크도 모르는 차분함과는 거리가 먼 녀석으로, 내게도 그 무례함을 지적하는 배려를 할 여유는 없었고, 코이즈미는 어색하게 복도에 서 있었다.

서예부 교실 안에서는 세 여학생이 글을 쓸 준비를 하고 있었다.

"아사히나가 누구지?"

"…네?"

이쪽을 보고 눈을 동그랗게 뜨고 있는 세 사람 가운데 유난히 작은 사람이 힘없는 목소리를 내뱉었다.

"무슨 일인가요…?"

의자에 조용히 앉아 있던 아사히나 선배는 손에 들고 있던 붓을 허공에서 세우고 있었다.

난 하루히의 뒤에서 실내를 확인했다. 다행히도 츠루야 선배는 없었다. 그녀는 서예부가 아니었나.

귓가에 대고 하루히가 속삭였다.

"쟤가 개야? 정말 2학년 맞아? 중학생 같은데."

"내 눈에도 중학생으로 보이지만 맞아. 틀림없는 아사히나 미쿠루 선배다."

그 소리를 듣자마자 하루히는 힘차게 들어가 붓을 쥔 자세로 굳어 있는 작은 몸집의 천사에게 말도 안 되는 소리를 늘어놓았다.

"학생회 정보실장인 스즈미야입니다. 아사히나 미쿠루 씨, 당신에게 묻고 싶은 게 있어서 왔습니다. 잠깐 좀 보죠."

디서ᄎ와 운동복 차림 주제에 잘도 말한다.

아사히나 선배는 눈을 깜박이며 불안한 목소리로 말했다.

"학생회… 정보실? 그게 뭔가요…? 전 아무…."

"어서 나오기나 해요."

붓을 빼앗아 종이 위에 던져놓고선 하루히는 아사히나 선배의 팔을 잡아 억지로 일으켜 세웠다.

　다른 여학생들은 무서워서인지, 아직 놀라서 정신을 못 차리고 있는 건지 아무 말이 없다. 츠루야 선배가 여기 있었으면 하루히와의 이종 격투기전을 볼 수 있었을지 모르지만, 어쨌든 하루히는 아사히나 선배의 허리에 손을 둘러 단단히 붙잡고선 강제로 연행해 나왔다.

　"너…. 가슴 무지 크구나. 음, 멋진 캐릭터야. 마음에 들었어."

　하루히는 기쁜 듯, 붙잡은 다른 학교 선배의 가슴을 더듬었다.

　"히익! 으앗, 아, 저기…, 앗?!"

　입구에서 대기하고 있던 날 본 아사히나 선배의 눈이 더욱 커졌다.

　며칠 전의 변태가 다시 나타났다고 생각한 걸까. 아사히나 선배는 복도에서 추운 듯 발을 구르고 있는 코이즈미에게도 놀라움에 찬 시선을 던졌고, 코이즈미는 전혀 모르는 남을 보는 시선으로 아사히나 선배를 보고선 말했다.

　"수상한 사람은 아닙니다. 저는요."

　그런 복장으로 여기까지 와놓고선 남인 척 굴어봤자 안 통한다, 코이즈미.

　하루히는 치과에 간다는 걸 알아차린 어린애가 도망가지 못하게 막는 어머니처럼 부들부들 떨고 있는 아사히나 선배를 껴안고선.

　"자, 존. 이제 남은 건 나가토인가 하는 애지. 걔한테로 안내해."

　말 안 해도 그럴 거다.

　눈치 빠른 1학년이나 내 무단 도주를 아는 선생들에게 들키기 전에 그곳에 가야 한다.

통칭 구관, 동아리 건물 3층에 있는 SOS단 본거지, 정식으로는 문예부 동아리방으로.

이번에는 노크를 한 뒤에 내가 문을 열었다.

"여, 나가토."

테이블 앞에 앉아 도서관에서 빌려온 양장본 책을 읽고 있던 안경이 고개를 들었다.

"아…."

나가토는 나를 보고 안도한 듯 숨을 토해냈고,

"어."

뒤이어 나타난 하루히를 보고 눈을 동그랗게 뜬 뒤,

"…아."

그 하루히에게 안겨 있는 아사히나 선배의 모습에 입을 벌렸으며,

"……."

끝을 장식한 코이즈미의 등장에 이르러서는 말을 잃었다.

"안녕."

미소를 뿌리며 하루히는 모두가 방에 들어온 것을 확인한 뒤 문을 잠갔다. 철컥 하는 효과음에 나가토와 아사히나 선배가 몸을 움찔 긴장시켰다.

"뭐, 뭔가요?"

그 언젠가처럼 아사히나 선배는 울먹이고 있었다.

"여긴 어디죠? 왜 절 끌고 온 건가요? 왜 무, 무, 문을 잠그는 거예요? 대체 무슨…."

완벽하게 똑같은 이 반응에 나까지 눈물이 날 것 같다. 그리워라.

"닥쳐."

그 언젠가와 같이 하루히는 매섭게 단칼에 말을 자르고 실내를 쭉 돌아보았다.

"거기 안경 소녀가 나가토? 잘 부탁해! 난 스즈미야 하루히! 여기 체육복을 입은 애가 코이즈미고 이 가슴 큰 키 작은 소녀가 아사히나. 그리고 얜 알지? 존 스미스야."

"존 스미스…?"

의아한 표정으로 안경테를 잡고 나가토는 묘한 표정으로 날 보았다. 난 어깨를 치켜올리며 웃기지도 않는 별명을 받아들였다. 콘이나 존이나 거기서 거기지 뭐.

"흐음, 여기가 거기야? SOS단이라. 아무것도 없긴 하지만 좋은 방이군. 물건들을 가져올 보람이 있겠어."

하루히는 새집에 막 이사 온 고양이처럼 방을 구석구석 돌아다니며 창 밖을 내다보기도 하고 책장을 흥미진진한 시선으로 살피기도 했지만 내게 던진 말은 다음과 같았다.

"그럼 이제 어떡하지?"

아무 생각도 없이 여기까지 온 거였냐? 정말 하루히 그대로구나.

"이 방을 거점으로 삼는 건 나도 찬성인데 교통이 불편한걸. 학교가 끝난 뒤에 여기까지 오려면 시간도 걸리고 우리 학교와 키타고는 교류도 없잖아. 맞다, 시간을 정해서 역 앞의 커피숍에서 모이는 건 어때?"

갑자기 그렇게 말해봤자, 이 녀석과 나 외에는 아무도 의미 파악을 못할 거라고.

나가토는 당황한 얼굴을 한 인형으로 변해 있었고, 아사히나 선배는 안절부절못하며 어쩔 줄 몰라 하고 있었으며, 코이즈미는 침묵을 고수하고 있다.

일단 뭐든 말을 해야 할 것 같아 입을 연 순간—.

삐빅.

갑자기 손도 대지 않은 컴퓨터가 전자음을 냈다. 나가토가 반사적으로 고개를 돌렸다.

"히익?"

아사히나 선배가 구부정하게 몸을 뒤로 빼는 것을 겨우 인식할 수 있었다. 내가 갖고 있는 그 이외의 상황 식별 능력 모두가 컴퓨터로 향했다.

낡은 CRT 모니터가 소리를 내며 서서히 밝아지는 것을 알 수 있었다. 나가토의 안경에 그 광경이 반사되고 있었다.

그에 호응해 하드디스크가 회전하는 소리가—이어지지 않았다. 전에도 이런 적이 있었지…. 아니, 그때는 내가 스위치를 켰던가…. OS가 켜지지 않은 상태에서 다른 것을 표시한 컴퓨터 화면을 난 본 적이 있다….

"비켜봐."

몸이 멋대로 움직인다. 난 하루히를 밀치고 전속력으로 모니터 정면으로 향했다.

진회색 모니터 위에 소리도 없이 문자가 흐르기 시작했다.

YUKI.N > 이걸 네가 읽고 있을 때, 나는 내가 아니겠지.

…그래. 맞다, 나가토.

"뭐니? 스위치도 안 켰는데 깜짝 놀랐잖아."

"타이머가 세팅되어 있었나요? 그런데 참 낡은 컴퓨터군요. 이 정도면 앤티크인데요."

뒤에서 하루히와 코이즈미가 대화를 하고 있었지만 내게는 들리지 않았다. 한 글자도 놓칠 수 없다. 눈을 깜박이는 시간도 아깝다. 심장이 탭댄스를 추는 소리를 들으며 난 화면을 바라보고 있었다.

YUKI.N > 이 메시지가 표시되었다는 것은 그곳에 너, 나, 스즈미야 하루히, 아사히나 미쿠루, 코이즈미 이츠키가 존재하고 있다는 것이다.

마치 내가 읽는 속도에 맞춘 듯 커서는 투박한 폰트를 자아냈다.

YUKI.N > 그게 열쇠. 넌 해답을 찾아냈다.

내가 찾은 해답이 아니야. 코이즈미를 데리고 하루히가 멋대로 들이닥친 거라고. 이쪽의 하루히도 제법 도움이 되네…. 그런데 나가토, 오랜만이다.

모니터 문자를 그리운 마음으로 읽는 나였다. 소리는 내지 않은 채, 하지만 가슴속으로 나가토의 평탄한 목소리로 음독을 한다. 스크롤은 계속 이어졌다.

YUKI.N > 이건 긴급 탈출 프로그램이다. 가동시킬 경우에는 엔터 키를, 그렇지 않을 경우에는 그 외의 키를 선택하라. 가동시켰을 경우 너는 시공을 수정할 기회를 얻는다. 단 성공은 보장할 수 없다. 또한 귀환을 보장할 수도 없다.

긴급 탈출―프로그램. 이게 그 컴퓨터냐.

YUKI.N > 이 프로그램이 가동하는 건 단 한 번뿐이다. 실행한 뒤 삭제된다. 비실행이 선택된 경우에는 가동하지 않고 삭제된다. Ready?

그걸로 끝이었다. 문장 끝에서 커서가 깜박이고 있다.

엔터 키냐, 아니냐.

정신을 차리고 보니 뒤에서 하루히가 화면을 들여다보고 있었다.

"무슨 뜻이야? 이건 무슨 장치니? 존, 넌 역시 날 놀리고 있는 거였어? 설명해봐."

난 하루히도, 코이즈미도, 아사히나 선배도 모두 무시했다. 포니 테일을 한 하루히도, 내 체육복을 입은 코이즈미도, 역시 귀여운 아사히나 선배도 이때만큼은 안중에 없었다. 내 주의는 컴퓨터와 이 방에 있는 단 한 명을 향하고 있었다. 놀란 표정으로 화면을 바라보고 있는 안경 소녀에게만 이렇게 말했다.

"나가토, 이걸 보고 짐작 가는 거 없어?"

"…없어."

"정말 없어?"

"왜?"

자신의 의사 표시를 억누르는 듯한 대답에 이건 네가 친 문장이니까…라고 말하고 싶었지만, 이 나가토는 당황하는 게 고작이겠지.

나는 다시 한번 마지막 부분을 읽어보았다.

나가토가 남겨준 메시지. 내가 알고 있는 나가토의 것이다. 긴급 탈출 프로그램인지 뭔지가 구체적으로 어떤 건지는 알 수 없다. 보장할 수 없다는 점에도 일말의 불안감이 발생한다.

하지만 이제 와서 고민을 하지는 않았다. 난 저 나가토에게 전폭적인 신뢰를 보내고 있었고 지금도 그렇다. 그 녀석이 하는 일에 실수가 있을 거라고는 믿을 수 없다. 몇 번이고 날 위기에서 구해준 것은 다른 누구도 아닌 어른스럽고 과묵한 우주인제 유기 안드로이드 나가토 유키이다. 그 녀석의 말을 의심하느니 차라리 내 머리를 의심할 거다.

"존, 왜 그래? 또 묘한 표정을 짓고 있다."

하루히의 목소리조차 멀리서 들린다.

"잠깐만 가만히 있어봐. 지금 생각을 정리하고 있으니까."

지금은 생각을 해야 할 때다. 다른 학교에 간 하루히와 코이즈미, 우주인이 아닌 아사히나 선배, 아무것도 모르는 나가토에 대해 생각했고, 내가 생각해야 할 것은 그런 것이 아니라는 것을 재확인했다.

컴퓨터에 표시된 나가토의 자기 의사 표현, 그 메시지를 의심하느냐 아니냐도 아니다.

난 등을 쭉 펴고 심호흡을 했다.

그렇다―.

그 무엇보다 확실한 것은, 내가 이 세계에서 탈출하고 싶은가이다. 이미 익숙해져버린 내 일상에 파고든 SOS단과 그곳의 동료들과 재회하고 싶다. 여기에 있는 하루히와 아사히나 선배와 코이즈미와 나가토는 내게 익숙한 존재가 아니다. 여기에는 '기관'도, 정보 통합 사념체도 없고 어른판 아사히나 선배가 올 일도 없겠지. 그건 잘못된 일이다.

결심을 할 때까지 그렇게 긴 시간은 걸리지 않았다.

난 주머니에서 꾸깃꾸깃한 종잇조각을 꺼내,

"미안하다, 나가토. 이거 돌려줄게."

내가 내민 가입 신청서를 향해 나가토의 흰 손가락이 천천히 다가왔다. 한 번 실패를 했다 두 번째에야 겨우 잡는 데에 성공했다. 내가 손을 놓자 가입 신청서는 바람도 불지 않는데 떨리고 있었다.

"그래….."

목소리까지 떨렸고, 나가토는 눈을 내리깔아 표정을 가렸다.

"하지만" 난 재빨리 말했다. "사실 말하자면 난 처음부터 이 동아리빙에 소속된 사람이었어. 굳이 문예부에 가입할 필요도 없지, 왜냐면―."

하루히와 코이즈미와 아사히나 선배는 "이 자식이 지금 무슨 소리 하는 거야?" 라는 표정으로 날 보고 있다. 나가토의 얼굴은 머리에 가려져 잘 보이지 않는다. 상관없다. 안심해라, 나가토. 이제부터 무슨 일이 일어나든 난 반드시 동아리방으로 돌아갈 테니까.

"왜냐면 난 SOS단의 첫 번째 단원이니까."

Ready?

O. K.지, 물론.

난 손가락을 뻗어 엔터 키를 눌렀다.

그 직후—.

"우왓?"

강렬한 현기증이 몰려와 난 테이블을 잡으려 손을 뻗었고, 뒤이어 시야가 빙글 회전했다. 귀울음. 누군가의 목소리가 멀리서 들려온다. 눈앞이 어둡다. 위아래의 감각도 상실되었다. 부유하는 감각. 급류에 빠진 나뭇잎처럼 빙글빙글 돌고 있다. 날 부르는 소리가 점점 멀어진다. 뭐라고 하는 거지? 존? 콘? 그것도 알 수 없다. 하루히의 목소리인 것 같았지만 아닌 것도 같다. 어둡다. 떨어지고 있는 건가? 어디로. 어디로 떨어지는 거지.

혼란된 사고. 내 눈은 뜨여 있는 건가? 아무것도 안 보인다. 이젠 아무 소리도 들리지 않는다. 그저 흘러가는 기척만이 전해진다. 내 몸은 어디 있지. 하루히는. 뒤틀려 있다. 코이즈미. 아사히나 선배는? 여긴? 난 어디로 가려 하는 걸까? 긴급 탈출 프로그램. 탈출한 곳에는 뭐가 기다리고 있을까.

나가토—.

"우왓?!"

다시 소리를 내며 난 무너져내릴 것 같은 무릎을 가까스로 버텼다. 그리고 내가 서 있다는 사실을 깨달았다.

"뭐야…?"

주위는 어두웠다. 하지만 진정한 어둠은 아니다. 괜찮다, 내 눈은 아직 보인다.

"여긴…."

창을 통해 들어오는 희미한 불빛에 의지해 내가 있는 곳을 확인했다. 여긴 어떤 방이고, 내가 손에 짚고 있는 것은 테이블 표면이고, 그 테이블에는 구식 컴퓨터가 놓여 있다….

"문예부실이다."

조금 전까지의.

하지만 나가토는 없다. 하루히도, 아사히나 선배도, 코이즈미도 사라졌다. 나 혼자다. 그리고 캄캄했다. 저녁 햇살이 실내에 비쳐들고 있었는데 갑자기 밤이 되었다. 창을 통해 보이는 하늘에는 지나치게 적은 수의 별이 희미하게 반짝이고 있었다. 시간이 날아가버린 것 같다.

실내의 모습은 방금 전과 바뀐 데가 없었다. 책장과 테이블이 있고 구식 컴퓨터가 한 대. 그 모습만으로 깨달았다. 난 원래 있던 세계로 돌아온 것이 아니다. 여기에는 SOS단의 비품이 하나도 없었다. 단장 책상도, 아사히나 선배의 코스튬 의상도 없었고 텅 빈 문예부실의 모습 그대로였…지만….

이마에서 땀이 흘러 눈으로 들어갔다. 난 재킷 소매로 땀을 닦았다.

뭔가 이상하다.

이 위화감은 뭐지. 여기가 어디인지는 알겠다. 문예부 동아리방이 확실하다. 넌 문어 대가리냐. 타니구치의 말이 갑자기 되살아났다. 어디지. 문제는 그게 아니다. 그렇다. 어디냐가 아니다.

"여긴…."

갑자기 난 위화감의 정체를 알아냈다. 정신을 차린 것과 동시에 체감온도가 순식간에 상승한 것같이 느껴졌지만 그렇지 않았다. 처음부터 기온은 이랬던 거다. 내 체온변화로 인해 체감온도를 착각한 것이 아니었다.

참지 못하고 난 재킷을 벗었다. 온몸의 모공이 열리며 계속해서 땀을 분출해내고 있었다. 재킷을 벗고 셔츠 소매를 걷어도 방에 가득 고인 열기는 가라앉지 않았다.

"덥다."

난 중얼거렸다.

"마치—."

마치 한여름의 기온이었다.

그러니까 현재의 내가 생각해야 할 의문은 한 가지뿐이다.

지금은 언제냐.

제4장

해보면 알겠지만, 밤중의 학교 건물을 혼자 걷는 건 참 기분 나쁜 일이다.

재킷을 어깨에 걸치고 난 천천히 동아리방을 빠져나왔다. 가능한 한 소리를 내지 않도록 조심하며 계단을 내려와 복도 모퉁이를 돌 때마다 닌자처럼 벽에 달라붙어 상황을 살피자니 정신적으로 피곤했다.

여기가 언제 어디의 키타고인지는 아직 알 수 없었지만 숙직 선생님에게 들키면 곤란해질 것이다. 나도 제대로 설명을 못 할지 모른다. 설명을 해줬으면 하는 건 나니까.

땀으로 목욕을 하며 숨 막히는 습기와 대기 안을 이동해 마침내 현관에 도착했다.

"자, 뭐가 나오려나⋯."

그렇게 말을 하며 연 내 신발장에는 누군가의 실내화가 들어 있었다. 내 것이 아니라는 건 분명하다. 잘못 해서 다른 녀석이 신고 갔을 거라는 가능성도 바로 기각해도 좋다. 이곳의 계절은 한여름. 난 또 다른 시공으로 날려간 것이다. 나한테도 그 정도의 연상 능력은 있다. 이 신발장의 주인이 내가 아니라 다른 사람인 세계나 시대다. 내가 생각해도 그다지 놀라지 않는 건 매우 익숙해졌기 때문이거나 놀랄 여유조차 잃어서일까.

"할 수 없지."

실내화를 신은 채 밖으로 나가는 건 꼴불견이었지만 그런 걸 따질 때가 아니다. 일단 건물에서 탈출해야 한다. 밤중의 현관문은 엄중하게 잠겨 있었다. 난 근처에 있는 창문으로 조용히 다가가 안쪽의 자물쇠를 조심해서 풀었다. 풀 냄새가 나는 밤바람을 폐에 가득 빨아들이며 창틀에 발을 올리고 점프, 돌바닥에 착지했다. 예전의 폐쇄 공간에서 하루히가 날 깨웠던 곳이다.

10초쯤 가만히 기다리며 아무도 못 봤다는 걸 확신한 뒤 난 움직이기 시작했다.

밖으로 나와도 더위는 여전했다. 끈적끈적하게 찌는 듯한 일본 특유의 여름 기온이다. 조금 전까지 엄동설한의 겨울에 있었기 때문에 더욱 땀샘이 활짝 열려 있다. 난 줄줄 얼굴을 타고 흐르는 땀을 겨울용 교복 재킷으로 닦으며 교문으로 향했다.

교문을 타넘는 건 간단했다. 엉성한 안전장치에 감사하며 철책을 타넘기면 하면 끝이다. 학교 부지에서 밖으로 나가 난 먼저 던져놓았던 재킷을 바닥에서 주워 올려 잠시 밤하늘을 올려다보며 어디로 가야 할지를 생각했다.

지금은 몇 월 몇 일 몇 시 몇 분인지를 아는 게 급선무다. 과거인지 미래인지는 큰 차이이니까.

우선 언덕길에서 내려가기나 하자. 도중에 편의점이 있을 거다. 민가에 뛰어들어가 "오늘은 며칠이냐?"고 묻는다면 정신이 이상한 고등학생으로 여겨져 그에 걸맞은 곳으로 신고가 들어갈 게 뻔했으니, 그보다는 날짜를 알 수 있는 곳으로 가는 게 낫다.

"그런데 참 덥다…."

입고 있는 옷이 겨울용 교복이니 어쩔 수 없는 일이라 해도 땀에 젖어 다리에 달라붙는 바지가 성가셨다. 폴리에스테르 개발자가 이때만큼은 원망스러웠다. 게다가 이 교복은 겨울에도 별로 따뜻하지 않다. 어중간한 교복이다, 정말.

그런 생각을 하는 것도 조금 머리가 돌아가기 시작한 덕분일지도 모르겠다. 원래 난 겨울 추위에 떨며 봄이 오기를 기다리는 것보다 여름 더위에 불평을 늘어놓으며 부채질을 하는 걸 덜 싫어한다. 그리고 고등학교 1학년 여름에는 많은 추억이 있다. 대개는 피곤하거나 힘 빠지거나 맥 빠지는 것들이긴 했지만 지나고 나면 다 좋은 경험이다. 아사히나 선배의 수영복을 입은 모습도 봤다. 겨울에는 아직 SOS단다운 이벤트를 한 게 없다.

먹으려고 했던 전골의 맛을 떠올리며 15분쯤 언덕길을 내려오자 목표로 삼았던 불빛이 겨우 보였다. 하굣길에 가끔 간식거리를 사러 들르는 편의점. 적어도 지금은 이 가게가 생기기 전도, 철거한 이후의 시간도 아닌 것 같다.

자동문이 열리길 초조하게 기다리다 들어가자마자 바로 벽을 올려다봤다. 냉방의 감촉에 익숙해지기까지는 조금 시간이 걸린다. 그동안 아날로그의 벽시계에 뜨거운 시선을 보냈다.

8시 30분.

밤이니 당연히 오후겠지.

그럼 날짜는? 오늘은 몇 년의 몇 월 며칠이지? 카운터 앞에 여러 종류의 신문이 전시되어 있다. 어느 거라도 좋다. 난 제일 앞에 있는 스포츠 신문을 하나 꺼내 초특급으로 펼쳤다. 기사도 무시다. 모두 오보라 해도 문제는 없다. 하지만 어떤 날조 타블로이드지라 해도 지면 제일 위에 있는 날짜만큼은 거짓으로 인쇄하지는 않을 것이다.

허둥대는 시선을 겨우 고정해 확인했다.

보편적인 러키 넘버들이 눈에 들어왔다.

언젠데? 기록된 서력을 훑듯 확인한다. 점원 형이 귀찮아하는 기색을 보였지만 무시한다.

네 자리 숫자를 몇 번이고 확인했다. 조금 전까지 있었던 12월 시대의 서력에서 이 스포츠 신문에 인쇄된 서력의 숫자를 뺀다. 단순한 계산이다. 애들도 알 수 있다.

"그런 거였냐, 나가토…."

난 신문에서 고개를 들고 크게 한숨을 쉬며 천장을 올려다보았다.

전국이 일제히 칠월 칠석.

지금은 3년 전의 7월 7일이다.

3년 전의 칠석. 오늘 이날에 무슨 일이 있었지?

광시곡과 같은 '올해'의 칠석, 동아리방에서 종이에 소원을 적은 뒤 나는 아사히나 선배의 초대를 받아 함께 시간을 거슬러올라가 이 시간에 왔다. 거기서 어른 버전의 아사히나 선배와 재회했고, 야밤의 히가시 중학교로 가라는 재촉을 받았다. 그리고 교문에 달라붙어 있는 중학교 1학년 시대의 하루히와 대면했고, 운동장에 석

회로 우주에 보내는 메시지를 그리게 되었다.

그리고 TPDD인가 하는 타임머신 같은 것을 분실한 아사히나 선배(소)를 데리고 나가토의 맨션으로 갔고, 그곳에서 둘이서 3년 정도의 시간을 잠으로 보낸 덕에 원래 있던 시간으로 돌아왔다….

"그렇다면….."

뺄셈보다 계산은 간단하다. 기억을 그대로 떠올리면 된다. 그렇다, 난 마침내 손에 넣은 것이다. 미쳐버린 세상을 원래대로 되돌리는 데 필요한 상황을.

그런 거 아냐?

다리가 덜덜 떨리는 건 절대로 공포 때문이 아니다. 그럼, 당연하지. 이건 흥분해서 떠는 거다.

3년 전. 칠석. 히가시 중학교. 그림 문자. 존 스미스.

다양한 요인이 내 머리 안에서 굴러다니다 마침내 결론을 냈다. 정말 간단하고 명백한 결론이다. 다시 한번 말하겠다.

"그렇다면….."

여기에는 그녀들이 있다.

매혹적인 글래머 아사히나 선배(대)와 대기 모드의 나가토 유키.

도움을 청할 수 있는 인재가 이 시간에는 두 사람이나 있는 것이다.

앞뒤 생각하지도 않고 신문을 던진 나는 편의점을 뛰쳐나왔다. 그리고 달리며 생각했다.

제일 처음 3년 전—지금이다—에 여기에 왔을 때, 코요엔 역 앞 공원 벤치에서 정신을 차린 내게 아사히나 선배는 현재 시각을 '오후 9시경'이라고 했었다. 30분만 달려가면 여기서 거기까지 갈 수 있다. 문제가 있다면 누군가에 의한 세계 변혁의 힘이 이 시간에까지 미치고 있는가 하는 것인데, 그렇다면 내가 여기에 있을 리가 없다. 어떻게든 아사히나 선배(대)나 맨션에 있는 나가토 중 하나와 접촉을 해야 한다. 혹은 그 둘 모두에게. 그렇다면 목표 지점은 두 군데가 있다는 소리인데, 지금 가야 할 곳은 거기다.

맨션에 사는 나가토는 나중에라도 만날 수 있다. 하지만 아사히나 선배(대)는 그때 그 장소에서만 만날 수 있다.

여선생 같은 복장으로 찾아온 성장한 아사히나 선배. 내게 백설공주의 힌트를 주고 바로 돌아간, 더 미래에서 온 아사히나 선배다. 잠자는 숲 속의 미녀가 된 아사히나 선배(소)의 뺨을 찌르며 재미있다는 듯 미소를 짓던 그녀를 어제 일처럼 기억하고 있다.

그 아사히나 선배라면 나도 알아볼 것이다. 그럴 것이다.

그 공원은 역과 가까운 곳인데도 주위에는 인적이 드물었다. 밤이라는 시간대 때문이기도 할 것이다. 그래서 밤에 돌아다니는 녀석들에겐 안성맞춤인 장소라고도 할 수 있다. 이곳은 변태들의 메카다—고 난 칠석날에 생각했고 지금도 그 생각에는 변함이 없다.

금방 등장할 리도 없는데, 난 어둠에 숨듯 공원 주위에 둘러쳐진 울타리를 따라 걸어가고 있었다. 울타리라고 해도 높이는 내 허리 정도로, 그 위로는 내 키 높이 정도까지 철망이 쳐져 있다. 하지만 주위에는 같은 간격으로 나무가 심겨 있어 대낮이라면 몰라도 밤에 공원 안에서 눈에 띄지 않고 안을 살피는 것은 간단하다. 오히려 뒤쪽을 걸어가는 통행인이 이상한 눈으로 보는 사태를 더 주의

해야 할 것이다.

그때 내가 눈을 뜬 벤치가 있는 곳을 머릿속으로 그리며 천천히 울타리를 따라 이동하고 있었다. 적당한 포인트를 찾는다.

시각은 바로 오후 9시를 지나가려 하고 있었다.

슬쩍 살피는 행위란 표현은 바로 지금 내가 하고 있는 동작을 말하는 것일 거다. 목을 쭉 뻗어 푸르게 우거진 나무 사이로 난 목표로 했던 광경을 보았다.

"…저거구나."

영화에 출연하고 있는 날 보는 듯한, 혹은 자신의 모습을 객관적으로 내려다보는 꿈을 꾸는 듯한 기분이었다.

"그런데 참, 뭐랄까…."

가로등 불빛에 비친 벤치가 스포트라이트를 받듯 어둠 속에 훤히 빛나고 있었다. 멀리 있었지만 잘못 볼 리가 없다. 둘 다 키타고 교복을 입고 있다. 전부 내 기억 그대로다.

예전의 나와 아사히나 선배가 저기 있었다.

그 '나'는 아사히나 선배의 무릎을 베개 삼아 누워 자고 있었다. 저 상태로 멋진 꿈을 꾸지 않는다면 그게 더 말이 안 되는 소리다. 지구상에서 가장 귀중한 것을 베개로 베고 자고 있는데 저 상태에서 건강하지 않다면 이 세상에 편안한 잠을 도와주는 물건은 존재하지 않는다 해도 과언이 아닐 것이다.

무릎베개를 대주고 있는 아사히나 선배는 자기 허벅지에 얹혀 있는 내 얼굴을 살피며 귓가에 숨을 불어넣기도 하고 잡아당기기도 하며 장난을 치고 있었다. 정말 부러운 녀석이다…. 아니, 저건 나지.

순간 '나'를 밀쳐내고 내가 저 역할을 맡고 싶었지만 그 충동을 겨우 자제했다. 저때의 '나'는 또 다른 나를 보지 않았다. 그렇다면 여기서 내가 뛰어나가면 앞뒤가 맞지 않게 되…는 건가? 어쨌든 시공의 혼란을 더 이상 자초할 필요는 없다.

난 의사와는 상관없이 움직이려는 몸을 자제하며 피핑 톰(알기 쉽게 말하자면 훔쳐보기다)의 임무를 속행했다. 이런 웃기는 상황에서도 자신을 유지하고 있는 난 비교적 인격이 훌륭한 사람인지도 모르겠다. 자랑하고 싶은 기분인걸.

그런 감회에 젖으며 관찰하고 있는데 아사히나 선배가 뭔가를 말하듯 입술을 움직였고, 무릎베개를 베고 누워 있던 '나'는 꿈틀대며 천천히 몸을 일으켰다. 지금의 내가 있는 곳에는 목소리가 들리지 않는다. 하지만 기억하고 있다. 아사히나 선배는 "일어났어요?" 라고 말했을 것이다.

'나'와 아사히나 선배는 짧게 대화를 하고 있는 것 같았지만 이내 아사히나 선배는 풀썩 '나'에게 몸을 기댔고—.

바스락거리며 벤치 뒤의 수풀이 흔들리더니 그분이 등장했다.

흰 긴소매 블라우스에 남색 타이츠스커트라는 여선생 같은 복장을 어떻게 잊을 수 있을까.

5월 말경 그녀는 날 편지로 불러내 백설공주의 힌트를 주었다. 참고로 자신에게 나 있는 별 모양 점의 위치까지 가르쳐주었다. 그리고 이날, 칠석날에 아사히나 선배(소)를 재우고 하루히에게 가라고 지시를 한 뒤 바로 자리를 떴다….

아사히나 선배의 어른 버전.

키와 몸매가 몇 년치나 가산된, 미래인 아사히나 선배의 더 미래의 모습. 아사히나 선배(대).

그때 그 모습 그대로다.

다시 한번 여실히 느껴졌다. 난 3년 전 칠석날에 있다. 모든 것이 기억에 있는 내용 그대로였다.

아사히나 선배(대)는 '나'에게 두세 마디 말을 건네고 몸을 숙여 아사히나 선배(소)의 뺨을 손가락을 누르기도 하고 몸을 쓰다듬기도 한 뒤 다시 일어나 '나'에게 뭔가 말을 했다.

—여기까지 당신을 인도한 것은 이 아이의 역할이고, 지금부터 당신을 이끄는 건 내 역할이에요.

—아…, 이게 대체….

그런 대화였을 것이다.

명한 태도의 '나'에게 아사히나 선배(대)는 자신이 해야 할 말을 다 마친 뒤 미련도 없이 공원 밖으로 걸어갔다. 가로등 불빛에서 퇴장한다. 히가시 중학교 방면과는 반대편의 공원 출구로 향하고 있다는 것을 난 지금 처음 깨달았다.

'나'는 여전히 명한 상태이다. 잠자는 숲속의 미녀가 된 아사히나 선배(소)의 옆얼굴을 내려다보며 뭔가를 생각하는 척하고 있다. 뭐였나 생각한 것도 잠시, 난 기억을 거슬러 올라가는 여행을 포기했다. 아사히나 선배(대)의 모습을 놓칠 수는 없다.

숨어 있던 자리에서 몸을 일으켜 서둘러 공원 밖으로 달려갔다. 이젠 몸을 숨길 필요도 없다. 왜냐면 내가 '나'였을 때 '나'는 날 보지 않았기 때문이다. 이때의 '나'는 또 다른 이 시간에 와 있는 날 보지 않았다. 생각도 못 했었다. 당연하다. 설마 이렇게까지 내 시공이 뒤틀려 있을 줄을 과거의 '내'가 조금이라도 생각할 수 있었을 리가 만무하니까. 등에 업힌 아사히나 선배가 너무 걱정되어 다른 생각은 할 수도 없었다. 그 '나'를 돌아보지 않고 난 그대로 달렸다.

공원 모퉁이를 돌자 100미터쯤 앞에 그녀가 있었다. 내게 등을 돌린 채 걸어가고 있다. 하이힐이 내는 또각또각 소리가 리드미컬하게 들린다. 서둘러 어디로 향하는 것 같지는 않았지만 내게는 그녀에게 급한 볼일이 있다. 여기서 놓친다면 뭣 때문에 여기까지 왔는지 다 허사가 되지 않는가.

난 다시 달렸다. 점점 가까워질수록 밤의 희미한 불빛 속에서도 아름답게 뻗은 손발과 세미롱의 풍성한 머리카락이 빛나는 것처럼 보였다. 뒷모습이지만 확실하다.

뒤따라가며 외쳤다.

"아사히나 선배!"

멈칫. 기분 좋게 걸어가던 하이힐 소리가 멈췄다. 등에 완만하게 늘어뜨린 밤색 머리가 부드럽게 흔들린다. 슬로모션 같았다. 천천히 그녀가 뒤를 돌아본다.

난 그녀의 대사를 예상했다.

—왜? 방금 헤어졌는데.

—따라온 건… 아니겠죠.

—어머, 또 다른 나?

그중 어느 것도 아니었다.

"안녕, 쿈."

기억에 있는 그대로 아름다운 얼굴을 한 그녀는 요염한 미소로 나를 맞아주었다.

"당신과는 오랜만이군요."

어른판 아사히나 선배는 그렇게 말하며 한쪽 눈을 감았다. 5개월 조금 넘게 못 본 미소다.

아사히나 선배(대)는 안심한 어린애 같은 표정을 지으며 말했다.

"그래도 다행이야. 여기서 만날 수 있어서요. 조금 불안했거든요. 내가 실수를 하지 않으리란 보장도 없으니까요."

지금도 실수를 많이 한다면 하고 아사히나 선배는 귀엽게 혀를 내밀었다. 허리가 무너져내릴 것 같은 매력적인 동작이었지만, 여기서 녹아내려서는 도로 아미타불이다.

이 아사히나 선배는 알고 있다. 이제부터 내가 뭘 해야 할지를.

난 꼬이는 혀를 겨우 제어했다.

"아사히나 선배, 당신은 제가 다시 올 걸…. 이 시간, 이 장소에 제가 다시 찾아올 걸 알고 있었죠?"

"네"라고 아사히나 선배는 고개를 끄덕였다. "기정사실이었으니까요."

"칠석날에 작은 아사히나 선배가 날 3년 전의 칠석…, 그러니까 지금으로 데리고 오도록 만든 건 당신이죠?"

"네. 꼭 필요한 일이었어요. 안 그랬으면 지금의 당신은 여기에 없었겠죠?"

히가시 중학교 운동장에 지상 그림을 그리지 않았다면 난 중학교 1학년의 하루히에게 존 스미스라 이름을 밝히지도 않았을 것이다. 당연히 저 코요엔 학원 1학년의 하루히도 그 이름을 몰랐을 것이다. 그렇게 되면 내가 연결점을 찾을 수도 없었을 것이다. 그 이름 외에는, 조금 전까지 함께 있었던 하루히와 나 사이의 접점은 없었으니까 그 결과 동아리방에 다섯 명이 다 모일 일도, 탈출 프로그램을 가동시키는 일도 없었을 것이다.

여기서 의문이 발생한다. 다른 한 명의 존 스미스라는 건… 설마.

"당신이에요, 쿈. 지금의 당신."

아사히나 선배(대)가 흰 장미와 같은 미소를 지었다.

"서서 얘기하는 건 피곤하니까 앉을 수 있는 곳으로 가죠. 아직 시간은 있으니까요."

그 미소와 말은 내 몸을 뒤덮고 있던 초조감과 혼란을 없애기에 충분한 힘을 갖고 있었다.

여기에 아사히나 선배(대)가 있다면 미래는 분명 존재한다. 18일을 경계로 미쳐버린 세계의 미래가 아니다. 나와 내가 알고 있는 하루히와 아사히나 선배의 미래다.

어떻게든 될 거다.

난 안도감을 부르는 확신을 얻었고, 그걸 뒷받침하듯 그녀가 말했다.

"지금부터 당신을 이끄는 건 내 역할이에요. 하지만 그 이후에는 당신은 자기 자신을 이끌고 가야 합니다. 난 당신의 의사에 따를 뿐이에요."

그러고선 한쪽 눈을 감았다. 무릎이 풀릴 것만 같은 완벽한 윙크였다.

우리는 조금 전의 공원으로 돌아가 '나'와 아사히나 선배(소)가 앉아 있던 벤치에 다시 걸터앉았다. 앉기 전에 아사히나 선배(대)는 선조의 유품을 만지는 듯한 표정과 손짓으로 벤치를 쓰다듬었고 나도 왠지 장엄한 기분이 되어 자리에 앉았다. 온기가 아직 남아 있었다. 5개월 전, 이 3년 전으로 찾아온 나와 아사히나 선배의 온기다.

난 바로 입을 열었다.

"시간의 흐름은 어떻게 된 거죠? 제가 조금 전까지 있었던 시간과 이 칠석이 연속되어 있다는 건 알겠어요. 안 그랬다면 전 올 수 없었겠죠. 그럼 아사히나 선배…, 당신의 미래와 조금 전의 변화된 시간은 연결되어 있지 않은 건가요?"

"자세한 건 말할 수 없어요."

그럴 줄 알았다. 금지 사항인 거겠죠.

"아니요."

아사히나 선배(대)는 고개를 저었다.

"이해할 수 있게 설명할 수 없어서 그래요. 우리의 STC 이론은 특수한 개념상의 방법론에 입각해 있어요. 이해할 수 있게 전하는 건 말로는 힘듭니다. 처음 제가 정체를 고백했을 때를 기억하나요?"

난 강가의 벚나무 길에서 귀여운 선배인 줄로만 알았던 아사히나 선배의 깜짝 놀랄 만한 미래인 발언을 들었었다.

"그때 난 정말 알아듣기 힘든 말을 했었죠? 그런 식으로밖에 안 돼요. 더 혼란스럽게만 만들 뿐이죠."

머리 옆을 노크하듯 툭툭 치며 아사히나 선배(대)는 한쪽 눈을 감았다. 그런 자연스런 동작 하나하나가 섹시했다.

"말이 필요 없는 개념은 말 이외의 것으로만 전달할 수 있습니다. 알겠어요?"

알 수 있을 리가. 머릿속이 빙글빙글 돌고 있는 내게 아사히나 선배는 유치원생에게 미분 방정식이란 뭔가를 설명하는 듯한 말투로 말을 했다.

"음, 하지만 당신도 곧 이해할 수 있을 거예요. 틀림없어요. 지금의 내가 말할 수 있는 것은 그것뿐입니다."

곧 이해하게 된다—는 건 여름 방학 직전에 다른 녀석한테서도 들었던 말이다. 그렇다, 나가토도 그런 말을 했지…. 잠깐만.

시냅스(주7)가 전류를 발산했고, 난 다음과 같이 대답했다.

"여름방학 전에…, 거대 꼽등이 사건 때 나가토가 말한 그건…, 미래의 컴퓨터가 지금과 같은 게 아니라는 건 혹시…."

"아, 예리하네. 기억하고 있었어요? 그래요. 이 시대에서 말하는 컴퓨터나 네트워크에 해당하는 우리의 시스템은, 음, 물질에 의존하지 않아요. 그건 우리의 머릿속에 무형의 형태로 존재하고 있습니다. TPDD도 그래요."

없어질 리가 없는데 잃어버렸다는 그거다.

"그게 타임머신인가요?"

"타임 플레인 디스트로이드 디바이스입니다."

"그건 금지 사항인 거 아닌가요?"

"네, 그때의 내게는 금지 사항이었죠. 지금의 나는 좀더 규제가 느슨해져 있어요. 여기까지 오느라 참 많이 힘들었다고요."

블라우스 앞단추를 튕겨내기라도 할 듯 아사히나 선배는 가슴을 쭉 폈다. 물리적으로 불가능한 프로포션이 강조되어 내 눈을 혼란에 빠뜨렸지만, 안타깝게도 정신은 지금 그곳에 있는 광경을 시신경의 영양분으로 삼을 여유를 잃고 있었다. 난 물었다.

"뭐가 원인이죠? 제가 있던 미래가 변해버린 건 알았어요. 하지만 언제 변한 건가요?"

주7) 시냅스: 뉴런의 축색돌기 말단과 다음 뉴런의 수상돌기 사이의 연접 부위.

"자세한 건 이 시간에 있는 나가토 씨에게서 듣는 게 좋을 거예요. 하지만 한 가지, 당신이 있던 시간 평면이 변한 건 '지금'부터 3년 후의 12월 18일 새벽입니다."

내 체감으로는 이틀 전 일이다. 시간 평면의 변화라. 그렇다는 건…. 난 코이즈미가 말했던 두 가지의 해석을 기억에서 끄집어냈다. 패러렐 월드가 아니라는 게 정답이었군.

"그래요. 하룻밤 사이에 STC 데이터…, 음, 세계 자체가 변화해 버린 겁니다. 당신의 기억만을 남겨둔 채로요. 먼 미래에서도 관측할 수 있는 엄청난 시공의 진동이었어요."

STC와 시공 진동이라는 전문용어에 흥미가 없는 건 아니었지만 그런 사소한 데 참견할 시간이 없다. 더 중요한 질문이 있다.

"아사히나 선배가 여기에서 기다리고 있었다는 건, 제가 휘말리게 된 미래의 이변을 해결하는 것도 당신이 해주는 건가요?"

"저 혼자로는 무리예요."

얼굴을 흐렸다.

"나가토 씨의 도움이 필요합니다. 그리고 콘도 같이 있어야 해요."

"누가 한 겁니까? 어차피 하루히겠지만요."

"아닙니다."

미소를 지우며 아사히나 선배는 차분히 가라앉은 목소리로 말씀하셨다.

"스즈미야 씨는 아닙니다. 다른 사람이 범인이에요."

"새로운 등장인물입니까? 낯선 이세계 녀석이—."

"아니요."

내 말을 자르며 아사히나 선배는 근심에 찬 목소리로 대답했다.

"당신도 잘 알고 있는 사람이에요."

조금 더 시간 여유가 있다면서 아사히나 선배(대)는 손목시계를 보여주며 말했고, SOS단에서의 추억을 그리운 듯 말했다. 내게는 그 기억이 모두 다 이 1년 사이에 일어난 일이었지만, 그녀에게는 벌써 몇 년도 더 된 옛날 일인 듯했다. 하루히에게 납치되어 동아리방에 끌려온 것부터 시작해 강제 바니걸, 칠석의 소원 빌기와 섬에서 겪었던 살인 사건극, 여름 축제 때 입었던 유카타, 단원들이 모두 함께 했던 여름 방학 숙제, 영화 촬영지에서 있었던 일들…. 내 기억 심도의 얕은 부분으로 다가갈수록 아사히나 선배(대)의 말하는 속도는 점점 느려졌다.

난 내 미래 에피소드를 듣고 싶어 그녀가 말실수를 하기를 기대했지만 이 아사히나 선배는 역시 신중했다. 정말 잡담밖에 하질 않으시네.

"힘들었긴 했지만 다 좋은 추억이에요."

마지막으로 덧붙이듯 총평을 말한 뒤 아사히나 선배는 입을 다물었다. 그대로 가만히 날 바라보고 있다.

나도 그럴싸한 감상을 말하는 게 좋을까 생각하고 있는데 천천히, 따뜻한 무언가가 내 어깨에 놓였다. 그것은 아사히나 선배(대)의 머리였는데 대체 이 행위에 어떤 의미가 숨겨져 있는지, 찰싹 달라붙어 있는 그녀의 무게에는 같은 중량의 황금만큼의 가치가 있는 게 틀림없다고 뇌가 소용돌이칠 정도로 향기로운 냄새와 감촉이 모든 신경에 전달되어 날 못 쓰게 만들었다. 셔츠 너머로 전달되는 달콤한 체온. 뭘 전하고 싶은 걸까. 아니면 내게서 뭘 느끼려 하는 걸까. 눈을 감고 내 어깨에 얼굴을 기대고 있는 아사히나 선배(대), 그 입술이 소리도 없이 움직이는 기척을 느꼈다. 소리를 내지 않은 채 그녀는 분명 뭔가를 말했다. 뭐였을까.

설마, 난 멍하니 생각했다. 이대로 이 아사히나 선배도 잠들어버려, 다시 등 뒤로 다른 아사히나 선배가 나타나 또 이상한 소리를 떠들어대거나 하는 건 아니겠지. 그렇게 난 영원히 이 시간에서 다른 아사히나 선배들과 만나게 되는 건―. 안 돼, 사고가 탈수기에 들어간 빨래처럼 같은 곳을 맴돌고 있다. 어이, 대체 난 뭘 하고 있는 거냐? 누가 좀 가르쳐주라.

아사히나 선배(대)는 1분쯤 그렇게 기대고 있다가,

"후훗."

내 생각을 읽은 듯 미소를 지으며,

"이제 시간이 됐네요. 가죠."

아무 일도 없었다는 듯 일어났다. 아쉬워하면서 나도 제정신을 차렸다. 그랬다. 가야만 한다. 으음, 어디로?

두 번째 행선지로.

아사히나 선배(대)의 손목시계는 오후 10시 직전을 가리키고 있었다. '내'가 중학교 1학년의 하루히의 공범이 되어 히가시 중학교 운동장에 낙서를 한 뒤 울먹이는 아사히나 선배(소)의 손을 이끌고 나가토의 맨션에 찾아간 시간. 그 '나'의 시간은 이제 막 정지하려 하고 있을 무렵이다.

다시 한번 나가토의 신세를 져야 할 것 같다.

"그 전에."

아사히나 선배(대)는 마음에 스며드는 미소를 별이 가득한 밤하늘처럼 그린 뒤.

"해줘야 할 일이 있죠?"

공원에서 조금 벗어나자 그곳은 완전한 주택가였다. 난 아사히나 선배(대)의 큐 사인에 따라 뒷길에서 한 걸음 앞으로 나섰다.

밤길 저 멀리에 기세 좋게 걸어가고 있는 작은 그림자가 있었다. 티셔츠에 반바지 아래로 나온 가늘고 긴 손발과 어중간한 길이의 머리를 쉼 없이 움직이며 걸어가고 있었다.

"야!"

멀리 보이는 티셔츠와 반바지 차림의 키 작은 그림자가 뒤를 돌아본다. 날 알아봤다는 걸 확인하고 난 손을 메가폰처럼 모아 소리쳤다. 악을 쓰는 듯한 성량으로,

"세계를 오지게 들썩이게 만들기 위한 존 스미스를 잘 부탁해!"

그 중학교 1학년 소녀는 뚫어져라 이쪽을 보고 있는 것 같았지만 마치 화난 듯한 동작으로 몸을 돌려 그대로 힘차게 걸어갔다.

지금 움직이지 않아도 키타고를 찾아가면 날 만날 수 있을 거라 생각하고 있어서인지 전혀 주저하지 않는 동작이었다. 어중간하게 긴 검은 머리를 향해 난 작은 목소리로 말을 이었다.

"기억하고 있어줘, 하루히. 존 스미스를…."

이때는 아직 열두 살의 하루히, 앞으로도 히가시 중학교에서 온갖 사고를 치고 다닐 하루히에게 난 진심으로 기도하고 있었다.

잊지 말아줘. 여기에 내가 있었다는 것을.

이제는 가는 길을 완전히 외운 고급 분양 맨션까지는 눈을 감고도 갈 수 있다. 난 비스듬히 뒤쪽에서 조심스럽게 걸어오고 있는 아사히나 선배(대)를 데리고 24시간 전에도 왔던 새 건축물을 올려다보았다. 아사히나 선배(대)는 아직 아무도 나오지 않았는데 내 뒤에 숨듯 서서 멋진 몸을 움츠렸다.

"…쿈, 부탁이에요."

애원을 듣고 거절할 이유는 전혀 없다. 어느 시대의 아사히나 선배라 해도 당신의 부탁을 뿌리칠 정도로 전 꼬인 인간이 아니니까요.

"미안해요. 나, 나가토 씨는 지금도 좀 껄끄러워서…."

그러고 보니 동아리방에서나 요전에 여기 왔을 때의 아사히나 선배(소)도 그런 분위기였지. 하루히를 제외하고 우주인과 미래인 모두를 공평하게 대했던 건 코이즈미 정도다.

"뭐, 이해는 합니다."

난 배려하듯 말하고, 현관 입구에서 708이라는 숫자를 누른 뒤 벨 그림이 그려진 단추를 눌렀다.

몇 초가 흐른 뒤 뚝 소리와 함께 인터폰이 연결되었다.

침묵과 무음의 이중주가 대답이 되어 내 귀에 전해졌다.

"나가토, 나야."

—침묵.

"미안, 조금 설명하기 복잡한 일이 일어나서 다시 미래에서 오게 됐다. 아사히나 선배도 있어. 어른인 아사히나 선배. 으음, 이시간 동위체였던가?"

—침묵.

"네 힘을 빌리고 싶어. 아니, 날 여기로 보낸 건 미래의 너지?"

─침묵.

"거기에 나와 아사히나 선배가 있을 거야. 시간이 정지된 채 손님 방에서 자고 있는…."

현관문이 철컹 열렸다.

『들어와.』

인터폰 너머에서 나는 나가토의 목소리가 기분 좋게 울렸다. 여느 때처럼 차갑고 조용한 분위기의 평탄한 목소리. 어딘지 모르게 놀라고 기막혀하는 선율이 섞여 있는 듯도 했지만, 사실 기분 탓일 거다. 나가토라면 뭐든 가능하다. 이 상황도 어떻게든 해결해줄 것이다. 안 그러면 곤란하다.

하이힐을 신고 벽 위를 걷는 것 같은 긴박한 분위기로 아사히나 선배(대)는 내 벨트에 손가락을 걸고 있었다. 엘리베이터가 열리고 우리를 태운 뒤 위로 올라갔다.

익숙한 708호로.

초인종도 있었지만 그럴 기분이 아니었다. 난 아무 말 없이 문을 노크했다. 문 너머에 누가 있는 것 같지는 않았지만 철문은 이내 열렸다.

"……."

안경을 쓴 자그마한 얼굴이 문틈으로 보였다. 날 가만히 바라보다 시선을 돌려 아사히나 선배(대)에게 눈길을 조준한 뒤 다시 내게로 돌아왔다.

"……."

무표정에 말도 없는, 아무런 감상이라도 좋으니 말을 해달라고 부탁하고 싶어질 정도로 공허한 반응이었다. 정말 나가토다. 처음 만났을 때의 나가토 유키. 말붙일 구석이 전혀 없었던 봄의, 그리고 '3년 전'에 '내'가 의지했던 이 녀석의 모습 그대로였다.

"들어가도 될까?"

생각에 잠긴 듯한 침묵 끝에 나가토는 1밀리미터 정도 턱을 당긴 뒤 방 안으로 물러났다. 좋다는 의미인 것 같다. 난 뒤에서 숨을 죽이고 있는 미녀에게 말했다.

"가죠, 아사히나 선배."

"네…. 그래요. 아마 괜찮을 거예요."

스스로에게 말하는 것 같은 목소리다.

그런데 대체 여기에 오는 게 몇 번째지? 기전체(주8)로는 네 번째, 편년체(주9)로는 두 번째인가? 내 자신의 시간 감각이 뒤죽박죽이다. 용케 체내 시계가 흐트러지지 않는구나 싶다. 겨울에서 여름으로 돌아오고, 3년 전에 두 번이나 왔으면 몸이 이상해져도 당연할 것 같은데 지금의 나는 완벽한 정상 모드다. 오히려 지금까지의 인생에서도 손에 꼽을 정도로 맑은 정신을 유지하고 있다. 익숙해진 건가? 이런 현실적이라 볼 수 없는 상황을 많이 반복해 통상의 신경 회로가 다 타버린 건지도 모르겠다.

생활감이 전혀 느껴지지 않는 나가토의 방은 기억에 있는 그대로의 썰렁한 이미지로 내 망막에 비쳤다. 이전의 '3년 전'과 달라진 건 없었고, 5월에 처음 찾아왔을 때와도 똑같은 풍경이다.

안심을 한 건, 나가토 유키가 내가 알고 있는 범위 안의 나가토라는 것이다. 무표정하고 감정이 없고 어떤 일에도 당황하지 않는, 완전무결한 우주인의 분위기 그대로다.

주8) 기전체: 개인의 전기를 모아서 한 시대의 역사를 구성하는, 역사책을 편찬하는 형식 중 하나.
주9) 편년체: 역사를 연대순으로 기술하는 체제.

신발을 벗고 원목을 깐 복도를 지나 거실로 들어갔다. 나가토는 거기서 기다리고 있었다. 멀뚱히 서서 나와 아사히나 선배에게 아무런 말도 없이 시선만을 고정하고 있다. 만약 놀랐다 해도 나는 나가토의 얼굴에서 일말의 감정도 읽어낼 수가 없었다. 어쩌면 나가토에게 있어 미래에서 내가 오는 건 일상다반사가 되어버렸는지도 모르겠다. 그렇게 몇 번이고 이날로 타임슬립을 하는 사태가 있을 거란 생각은 하고 싶지 않지만.

"자기 소개를 할 필요는 없겠지."

나가토가 앉지 않았기에 나와 아사히나 선배(대)도 서 있었다.

"이 사람은 아사히나 선배의 어른 버전이야. 요전에 너와 만난 적이"라고 말을 하다가 그건 3년 후의 일이라는 걸 떠올리고, "아니, 만나게 될 거다. 하지만 아사히나 선배란 건 틀림없으니까 문제없겠지."

나가토는 아사히나 선배(대)를 대학 입시 시험 수학 II B의 문제를 보는 듯한 눈으로 보더니 손님방으로 시선을 돌렸다가 다시 내 뒤에 숨 듯 서 있는 글래머러스한 몸을 바라보며,

"이해했다."

머리카락도 흔들리지 않을 정도로 희미하게 고개를 끄덕였다.

나가토의 시선을 좇고 있던 나는 역시 그 점에 신경이 쓰였다. 거실 옆에 미닫이문으로 분리된 특별한 방이 있다.

"열어도 되냐?"

손님방을 가리킨 내게 나가토는 고개를 저었다.

"안 연다. 그 방의 구조체 모두 시간을 동결해놓았다."

아쉽기도 하고 마음이 놓이는 듯도 하다.

목덜미에 따뜻한 숨결이 닿았다. 아사히나 선배(대)가 내쉬는 부드러운 숨이다. 그녀도 나와 같은 감상을 갖고 있었나보다. 나와 사이좋게 베개를 베고 누워 있는 자신을 본다면 아사히나 선배(대)는 무슨 생각을 할까. 물어보고 싶다는 기분도 들었지만 지금은 사정을 설명하는 게 우선이다.

"나가토, 자꾸 이렇게 찾아와 미안한데, 우선 얘기를 좀 들어줘."

옆방에서 동결되어 있는 '나'는 어디까지 얘기를 했더라. 칠석 사건이 있을 때까지 있었던 SOS단의 역사 정도였던가. 그럼 지금의 나는 그후의 얘기를 하면 된다. 우울했던 봄 이후로 발생한 하루히의 지루함을 달래기 위한 사건들을 거쳐 내 한숨의 원흉이 되었던 영화 촬영과 그 며칠 뒤까지의 약 반년 동안에 이르는 이야기다. 그렇다, 그곳에는 나가토, 너도 있었지. 난 네 행동에 도움을 받기도 하고 당황하기도 했었다고. 그저께 눈을 뜨기 전까지 말이야. 그게 어떻게 된 일인지 없었던 일이 되어버렸고 난 여기에 오게 되었다. 나가토제 긴급 탈출 프로그램의 도움을 빌려서.

자세하게 얘기를 하면 몇 시간이나 필요할 것 같아 난 하루히에게 말한 것과 같은 요약판을 늘어놓았다. 자잘한 부분은 건너뛰고 대강의 스토리라인만을 말했다. 이 녀석에겐 그것만으로도 충분할 것이다.

"…그래서 내가 다시 돌아오게 된 건 네 덕분이야."

이론보다 증거가 제일이라는 듯, 재킷 주머니에 넣어 두었던 책갈피를 꺼냈다. 유령에게 인사를 건네는 듯한 심정으로 그것을 나가토에게 보여주었다.

"……."

나가토는 책갈피를 손가락 끝에 쥐고선 표면의 꽃무늬를 무시하고 뒤쪽에 적힌 글자로 시선을 떨구었다. 백악기의 지층에서 액정 TV를 발견한 고고학자 같은 눈으로 보고 있다. 그대로 계속 보고만 있을 것 같아 질문으로 주의를 환기시켰다.

　"어떻게 하면 좋을까?"

　"저, 전 이상해진 시공간을 노멀라이즈하고 싶어요."

　아사히나 선배(대)의 목소리에는 자신이 점찍은 남자에게 사랑을 고백하는 것 같은 긴장감이 감돌고 있었다. 나가토에게는 언제나 겁먹은 태도로 일관했던 아사히나 선배의 습성은 몇 년이 지나도 변함이 없는 듯했다. 이때의 나는 그렇게 생각했다.

　"나가토 씨…, 당신이 도와주었으면 해요. 바뀐 시간 평면을 원래대로 되돌릴 수 있는 건 당신밖에 없습니다. 제발…."

　아사히나 선배(대)는 신사의 신체에 빌 듯 두 손을 모아 눈을 힘껏 감았다. 나가토 신이시여, 나도 부탁한다. 동아리방에 아사히나 선배가 있고, 그녀가 타주는 차를 마시면서 코이즈미와 보드 게임을 하며, 그 옆에는 네가 조각같이 책을 읽고 있고, 그곳에 하루히가 뛰어드는 세계를 복귀시켜줘. 내 바람도 그거다.

　"……."

　책갈피에서 고개를 든 나가토는 진지한 눈빛으로 허공을 바라보고 있었다. 아사히나 선배가 긴장하는 것도 이해가 간다. 나가토와 의견이 대립하면 승산이 없을 것이다. 대체 이 세계의 누가 나가토에게 맞설 수 있을까. 아마 하루히 정도밖에 없을 것이다.

　방음설비가 된 맨션 안에는 아무런 소리도 들리지 않는다. 시간이 멈춰버린 듯 조용했다. 나가토의 눈이 내 눈과 마주쳤다. 긍정의 동작. 밀리미터 단위로 움직이는 저 목이다.

"확인하겠다."

고 말한 뒤, 뭘 확인할 거냐고 묻기도 전에 눈을 감았다가,

"……."

바로 눈을 뜨고 어두운 눈동자를 내게 향했다.

"같은 연도 불능."

연속된 짧은 소리를 낸 뒤 날 가만히 바라본다. 미묘하게 표정이 달라 보이는 건 아마 나의 착각일 것이다. 봄에서 여름까지 봤던 이 녀석의 얼굴이다. 코이즈미도 눈치를 챘던, 만난 직후에서 미세하게 변화하는 도중인 나가토의 표정이다. 하지만 겨울의 나가토에는 아직 이르지 못했다.

얇은 입술이 살짝 벌어지며,

"그 시대의 시공 연속체 자체에 접속할 수 없다. 내 리퀘스트를 선택적으로 배제하기 위한 시스템 프로텍터가 걸려 있다."

의미는 알 수 없었지만 불안해진다. 야, 잠깐만. "손 쓸 길이 없다"는 말을 하는 건 아니겠지.

나가토는 그런 나의 우려를 무시한 채,

"하지만 사정은 파악했다. 재수정 가능."

책갈피의 문자를 손가락으로 살짝 쓰다듬었다. 그리고 눈이 쌓이는 소리와 같은 목소리로 설명을 시작했다.

"그 시공 변경자는 스즈미야 하루히의 정보창조능력을 최대한 이용해 세계를 구성하는 정보를 부분적으로 변화시켰다."

익숙한 조용한 목소리다. 갓난아기 때 들었던 오르골의 후렴구처럼 내 마음에 스며든다.

"따라서 변경자인 스즈미야 하루히에겐 아무런 힘도 남아 있지 않다. 정보를 창조할 힘은 없다. 그 시공에는 정보 통합 사념체도 존재하지 않는다."

잘 모르겠지만 엄청난 일이라는 소리겠지. 하루히의 주변에 있던 나를 제외한 사람들, 그 모두의 과거를 새롭게 만들어냈으니까. 여고를 공학으로 바꾸고, 키타고에 다니던 녀석들 중 몇 명이 그쪽으로 가고, 그게 전혀 이상하지 않도록 관계자 모두의 기억을 바꾸고, '기관' 녀석들과 우주인 나가토와 미래인인 아사히나 선배에게도 다른 인생을 마련했다. 아사쿠라를 재등장시켰고, 키타고 학생들에게서 하루히가 존재했다는 기억을 지우고, 아사쿠라는 있지만 하루히는 없다는 역사를 만들어냈다. 나가토의 보스마저 지워버렸다.

기가 막힐 노릇이군.

"스즈미야 하루히에게서 훔쳐낸 능력으로 시공변경자가 수정한 과거 기억 정보는 3백65일간의 범위."

그러니까 작년 12월─내가 온 시간에서 봤을 때─부터 올해 12월 17일까지를 바꿨다는 말이군. 3년 전의 칠석─그건 바로 오늘이다─까지는 손을 대지 못한 거야. 덕분에 살았다. 하루히가 그 칠석 사건을 기억해준 덕분에 여기까지 올 수 있었다. 하지만 대체 누구냐, 그런 하루히 레벨의 바보 같은 짓을 한 건.

나가토는 내게 시선을 고정한 채 말을 이었다.

"세계를 원래 상태로 되돌리기 위해서는 여기서부터 3년 후의 12월 18일로 가 시공변경자가 해당 행위를 한 직후에 재수정 프로그램을 가동시키면 된다."

그럼 이제 우리랑 3년 후로 가줄 거지? 재수정을 해주는 건 너지?

"난 갈 수 없다."

왜?

나가토는 손님방을 가리켰다.

"저들을 방치해둘 수 없다."

저기서 자고 있는 나와 아사히나 선배의 시간을 동결시키려면 이 시공을 떠날 수 없다고 설명했다. 나가토는 정보를 전달하는 것 같은 목소리로,

"이머전시 모드."

"그럼 어쩌라고"라고 말하는 나. 조금 초조해진다.

"조합하겠다."

여전히 설명이 부족한 대화다.

나가토는 천천히 안경을 벗고 두 손으로 감싸듯 쥐었다. 보이지 않는 실에 묶인 듯 안경은 손바닥 위에 떠 있었다. 평범한 인간이 이러는 것을 보았다면 정말 눈에 안 보이는 실이 손가락에 연결되어 있었겠지만, 말할 필요도 없이 나가토는 그런 평범한 짓은 하지 않는다.

콰직.

렌즈와 함께 테가 구부러지며 기괴한 소용돌이 모양이 되는가 싶더니 조금 전까지 안경이었던 그 물체는 다른 것으로 변했다. 눈에 익은 모양이다. 그다지 신세를 지고 싶지 않은, 인간이라면 본능적으로 두려워할 만한 기구이다.

난 조심스럽게 평했다.

"커다란 주사기 같은데…."

"그렇다."

무색 투명한 액체가 가득 담겨 있었다. 그런 걸로 누굴 어쩌라는 거야.

"시공변경자에게 재수정 프로그램을 주입."

난 주사기에 달려 있는 날카로운 바늘을 보고 반사적으로 시선을 돌렸다.

"저기…, 좀더 얌전한 방법은 없냐? 안타깝게도 난 모든 의미에서 무면허거든. 잘못 찌르면 안 되잖아."

나가토는 움켜쥔 주사기에 전원이 끊긴 액정 디스플레이 색의 눈길을 던지더니,

"그래."

다시 손을 펼쳐 주사기를 소용돌이 모양으로 만들었다가 다른 물건을 제시했다. 그 모양이 무엇을 나타내고 있는지 깨달은 난 숨을 삼켰다.

"또 무시무시한 물건을 만들었네…."

이번엔 권총이었다. 단 구경은 작은 편이었고 스테인리스와 같은 재질이었다.

나가토는 금속 광택도 선명한 신품 모델건 같은 소총을 손바닥에 올려놓고 내밀었다.

"의복 위로도 성공률은 높지만 가능하다면 직접 피하에 쏘는 게 좋다."

"총알은? 설마 실탄은 아니겠지?"

생긴 걸로만 봐선 알루미늄이나 플라스틱 같아 보이는데.

"단침총. 바늘 끝에 프로그램을 도포해놓았다."

굵은 주사기로 찌르는 것보다는 심리적인 거부감도 적었다. 총을
받아든 나는 너무 가벼운 무게에 놀랐다.

"그런데."

여태까지 미뤄뒀던 질문을 마침내 꺼냈다.

"누가 범인이냐? 세계를 바꾼 건 대체 누구야? 하루히가 아니라
면 그건 대체 누구지? 가르쳐줘."

아사히나 선배(대)가 가늘게 숨을 들이마시는 소리가 들렸다.

나가토는 담담하게 입술을 열고 무표정하게 그 녀석의 이름을 말
했다.

제 5 장

"……."

내가 뭐라 말을 해야 좋을지 몰라 하고 있자, 나가토는 아사히나 선배(대)를 보고 말했다.

"목표인 시공간 좌표를 전달하겠다."

"아, 네."

아사히나 선배(대)는 충성스런 대형견이 손을 내밀 듯이 한 손을 내밀었다.

"하세요…."

나가토의 손가락이 아사히나 선배(대)의 손등에 살짝 닿았다 천천히 물러났다. …그게 다냐? 하지만 아사히나 선배(대)에겐 그것만으로도 충분했나보다.

"알겠습니다. 나가토 씨. 거기에 가서 '그녀'를 수정하면 되는 거죠? 어려운 일은 아닙니다. 그곳의 '그녀'에겐 아무런 힘도 없을 테니까요…."

뭔가를 결심한 듯 주먹을 불끈 쥐는 미래인에게 우주인이 말했다.

"기다려."

안경을 잃고 맨 얼굴을 드러낸 나가토는 담담하게,

"그대로는 너희도 시공변경에 휘말리고 만다. 대항 처치를 하겠다."

소리도 없이 손을 뻗는다.

"손을."

뭐야? 악수라도 하자고? 난 순순히 오른손을 내밀었고 나가토의 서늘한 손가락이 손목을 쥐는 느낌에 움찔한 직후.

"……."

천천히 가라앉은 나가토의 얼굴이 내 팔로 다가가.

"우왓."

나도 모르게 소리를 지르고 말았다. 하지만 그것도 당연한 반응일 것이다. 몸을 숙인 나가토가 내 손목에 입술을 댄데다가 깨물기까지 했으니까 말이다. 영화 속에서 죽어라 봤던, 아사히나 선배를 깨무는 공격이다.

아프지는 않다. 샤미센이 가끔 치는 장난처럼 적의가 담기지 않은, 살짝 깨무는 동작이다. 하지만 난 작은 송곳니가 피부를 찌르는 감촉을 근지럽게 느끼고 있었다. 분명히 이를 세웠는데 통증이 파생되지 않는 것은 통각을 마비시키는 물질이 나가토의 타액에 섞여 있어서 그런지도 모르겠다. 마치 모기 같군.

5초나 10초 성노 나가보는 내 손을 물고 있디 천천히 고개를 들었다.

"대정보 조작용 차단 스크린과 방어 필드를 네 체표면에 전개시켰다."

나가토는 얼굴도 붉히지 않았고 부끄러워하지도 않았다. 아사히

나 선배(대)가 두 손으로 얼굴을 가리고 놀라고 있을 정도다. 난 묘하게 저릿한 느낌이 나 손목을 보았다. 흡혈귀에게 물린 것처럼 뚫렸던 구멍 두 개가 순식간에 흔적도 없이 사라졌다. 영화 촬영 때의 아사히나 선배처럼 이걸로 나도 나가토 특제 나노머신을 체내에 갖게 되었다는 소리다.

"너도."

나가토의 말에 아사히나 선배도 조심스럽게 한쪽 손을 떨며 내밀었다.

"…이러는 것도 오랜만이네요. 그때는 정말 신세를…."

"난 처음이다."

"아. 그, 그랬죠. 저도 모르게 그만…."

눈을 질끈 감은 채 미래인은 우주인의 입맞춤을 손목에 받았고, 나보다 짧아 보이는 정체를 알 수 없는 나노머신 주입을 마친 뒤 헛기침을 한 번 했다.

"그럼 가죠. 쿈, 이제부터 진짜 시작입니다."

그렇다면 참 긴 예고편이었네요. 하지만 저도 필사적으로 예고편을 찍었다고요. 두 번 다시 하고 싶진 않지만요.

"고맙다."

난 냉정한 얼굴을 유지하고 있는 방의 주인에게 인사를 건넸다.

침묵의 화신이 된 나가토는 아무 대답도 없었다. 표정에 아무런 빛도 없었다. 그런데 어째서인지 등을 쭉 펴고 우뚝 서 있는 나가토의 모습은 쓸쓸해 보였다. 역시 그런 건가? 내가 생각했던 그대로인가.

"다시 만나자, 나가토. 문예부에서 잘 기다리고 있어. 나와 하루히가 갈 때까지."

생명을 불어넣은 인형과 같은 움직임으로, 우주인제 유기생명체
는 덜컥 고개를 끄덕였다.

"기다리고 있겠다."

그 작은 목소리를 듣고 난 가슴에 기묘한 응어리가 발생하는 것
을 자각했다. 하지만 사라진 담배 연기와 같은 응어리의 정체가 뭔
지를 생각하기도 전에 아사히나 선배(대)가,

"시간 멀미를 하면 안 되니까요."

내 어깨를 툭 쳤다.

"눈을 감아요."

그 말을 따랐다. 아사히나 선배(대)가 정면에 서 있는 것 같았다.
두 손목을 잡혔다.

"큔…."

숨죽인 소리가 너무나 감미로웠다. 서비스로 키스 하나쯤은 있어
도 좋지 않을까

"갑니다."

네, 네. 얼마든지, 몇 번이든 센 걸로 부탁합니다. 이런 생각을 하
고 있는데—.

극적으로 지독한 현기증이 몰려왔다. 눈을 감고 있길 잘했다. 눈
을 뜨고 있었어도 기절했을 것이다. 안전장치가 풀린 제트 코스터
에 탄 것 같은 기분이다. 피가 다 빠지는 건지, 머리로 피가 몰리는
건지 판단이 안 섰다. 중력원을 알 수 없는 부유감이 이어졌고, 눈
을 감고 있는데도 어지러웠다. 기절을 하지 않은 건 오직 팔에 느껴
지는 아사히나 선배(대)의 온기 덕분이다.

대체 몇 분을 이렇게 하고 있었을까. 몇 시간일까? 공간 인식 능력과 함께 시간을 파악하는 능력까지 사라졌다. 슬슬 한계다. 토할 것 같은데요, 아사히나 선배….

비닐 봉투를 대신할 게 없나 손으로 더듬고 있는데,

"음…, 도착했어요."

사라졌던 발밑에 땅이 닿는 감각이 되살아났다. 차가운 대지의 온도가 양말 너머로 전해진다. 동시에 온몸에 작용하는 지구의 중력도 부활했다. 구토감이 거짓말처럼 사라졌다.

"이제 눈을 떠도 돼요. 다행이다, 나가토 씨가 지시해준 장소와 … 시간이에요."

고개를 들었다. 밤하늘에 반짝이고 있는 건 겨울의 별자리다. 공기가 맑은 만큼 여름보다 선명하게 보인다. 고개를 돌리자 민가의 지붕 위로 보이는 키타고의 건물 끝을 확인할 수 있었다.

현재 위치는 어디일까 둘러보았다. 어둠에 가려져 있긴 하지만 틀림없다. 몇 시간 전에도 난 여기에 있었다. 하루히의 포니테일과 코이즈미의 체육복 차림이 장소의 기억과 함께 떠오른다.

우연히도 하루히와 코이즈미가 옷을 갈아입었던 장소였다. 우연 —이겠지.

그런데 지금은 언제지?

손목시계를 본 아사히나 선배(내)가 가르쳐주었다.

"12월 18일 오전 4시 18분입니다. 약 5분 뒤에 세계가 변할 거예요."

20일에 엔터 키를 눌러 3년 전으로 날아간 내 입장에서 보면 18일은 이틀 전이다. 그날 아무 생각 없이 눈을 뜬 나는 평소와 같이 학교에 갔고, 완전히 바뀌어버린 키타고의 모습에 공황 상태에 빠졌다. 존재하지 않는 하루히에, 있을 턱이 없는 아사쿠라의 존재. 날 모르는 아사히나 선배와 평범한 사람이 되어버린 나가토.

모든 것은 여기서부터 시작된 것이다. 시작 시간에 대기하고 있는 현재의 나. 그렇다면 시작되지 않도록 하는 것도 가능하겠지. 그러기 위해 지금 나는 여기에 있는 거다.

시리어스한 기분에 젖어 있는데.

"아, 신발. 깜박했네."

당황한 듯 아사히나 선배(대)가 작은 목소리로 속삭였다.

거실에서 신발도 신지 않고 왔다니. 역시 아사히나 선배다. 나이를 먹어도 깜박깜박하는 건 여전하네.

"나가토 씨가 보관해줄까?"

불안해하는 목소리에 난 미소를 지었다. 괜찮을 겁니다. 그 녀석은 종잇조각도 3년이나 보관했었다. 그렇다면 신발도 버리지 않고 가지고 있어줄 것이다. 다음에 그 녀석 집에 가면 신발장을 보여달라고 하죠….

태평하게 그런 생각을 하고 있는데 갑자기 몸이 전류라도 흐른 듯 떨렸다.

맨발이기도 한데다 여름에서 한겨울로 돌아온 덕분에 너무나도 추웠다. 반사적으로 어깨에 걸치고 있던 교복 재킷을 입으려다 아사히나 선배(대)가 두 손으로 몸을 꼭 껴안고 있는 모습을 보았다. 하긴 블라우스에 미니스커트 차림이니 이 기온은 춥게 느껴질 것이다.

"빌려드릴게요."

난 재킷을 떨고 있는 어깨에 걸쳐주었다. 신사적인 행동에 자기만족을 느낀다.

"아, 고마워. 미안해요."

이 정도쯤이야 별거 아니죠. 당신이 3년 전에서 기다려준 덕분에 난 다시 이곳으로 돌아올 수 있었는걸요. 그 생각을 하면 입고 있는 옷을 전부 당신한테 드리고 싶을 정도입니다.

"우훗."

아사히나 선배(대)는 보는 사람의 반쯤은 무너뜨릴 정도로 섹시함과 귀여움이 절묘하게 섞인 미소를 지었다가 이내 진지한 표정으로 돌아갔다.

"이제 시간이 다 됐군요."

신발을 두고 오길 잘했는지도 모르겠다. 발소리를 내지 않고 걸을 수 있으니까. 그래도 나와 아사히나 선배(대)는 숨소리도 조심스럽게 발꿈치를 들고 키타고 교문 앞으로 걸어갔다. 모퉁이에서 걸음을 멈추고 미행 표적을 살피듯 고개만 내밀어 어두운 길 너머로 시선을 던졌다.

가로등은 적지만 마침 문 앞에 하나가 서 있었다. 아래로 퍼지는 스포트라이트처럼 그곳만 흐릿하게 밝았다. 충분한 광원이라고는 할 수 없었지만 누가 거기에 있다면 확인할 수 있을 정도의 밝기는 되었다.

"왔어요…."

따뜻한 손이 내 어깨에 놓였다. 아사히나 선배(대)의 긴박하면서도 달콤한 숨이 귓불에 닿아 보통 때의 나라면 바로 황홀경에 빠졌을 테지만 이 자리에서는 그런 반응도 머릿속에 존재하지 않았다.

시공변경자가 밤의 어둠에서 벗어나 가로등 아래로 걸어오고 있었다.

키타고 교복이다. 나가토가 말한 바로 그 인물이다. 저 녀석이 우리들의 세계를 변환시키고 SOS단 멤버를 뿔뿔이 흩어놓고 평범한 인간으로 바꿔버린 장본인이다. 내 기억만 남겨두고 나를 제외한 다른 모두의 기억과 역사를 바꿔버렸다.

저 녀석이 지금부터 그렇게 하려는 것이다.

아직 나갈 수는 없다. 모든 걸 지켜본 뒤에 하라는 게 나가토의 충고였다. 일단 그 녀석이 세계를 바꾸게 내버려둔 다음에 수정 프로그램을 입력한다. 그렇게 하지 않으면 내가 탈출 프로그램을 가동시키는 역사가 생겨나지 않는다는 설명에는 납득도 이해도 할 수 없었지만, 나가토와 아사히나 선배(대)에게는 자명한 일인 듯했다. 이 두 사람은 시간이 어떻게 흘러가는지 알고 있는 거겠지. 나는 모르겠다. 도저히 이해할 수 없다면 이해하는 녀석의 지시에 따르면 그만이다. 저 나가토는 거짓말을 하지 않는다. 언제나 진지한 얼굴로 우리들의 옆에 있어주었다….

난 나가토가 준 단침총을 고쳐 잡으며 그때를 기다렸다.

그 녀석은 조용한 걸음걸이로 키타고 교문 앞으로 걸어와 어둠에 가려진 싸구려 건물을 올려다보듯 걸음을 멈추었다.

세일러복의 치마가 바람에 펄럭이고 있었다.

그 모습을 지켜보는 우리를 알아차리지는 못한 듯 보였다. 나가토가 주입한 나노머신 덕분이겠지. 차단 스크린과 방어 필드.

그 녀석은 갑자기 한 손을 들어 마치 허공을 붙잡는 듯한 움직임을 보였다. 누군가에게 조종이라도 당하는 것 같은 기묘하게 부자연스러운 동작이었지만, 그렇지 않다는 것을 난 이미 알고 있었다.

"굉장하다…"고 아사히나 선배(대)가 감탄하듯, "강력한 시공 진동이에요. 이런 힘이 있었다니…. 실제로 봤지만 믿어지지가 않는군요."

보고 자시고 뭐고 내 눈에는 아무것도 변한 게 없는 것으로 보이는데. 평범한 밤이 계속되고 있을 뿐이다.

하지만 아사히나 선배(대)에겐 어떠한 수단으로 지금 바로 세계의 역사가 바뀌고 있는 과정이 느껴지나보다. 미래인이니 그 정도는 가능하겠지.

아사히나 선배(대)는 몸을 내게 기대듯 꼭 붙어 있었다. 원래대로라면 여기에 있는 우리 둘도 그 녀석의 세계 변경에 휘말려들었겠지만 나가토의 깨무는 행위 덕분에 제외되었다. 나가토와 아사히나 선배(대), 역시 이 두 사람이 없으면 안 되는 거야. 난 올바른 행동을 한 거다. 다음 행동이 이 사태를 수습해줄 최후의 움직임이 될 것이다. 마지막에 실수를 할 수는 없다.

숨을 죽이고 지켜보고 있는데 그 녀석은 손을 내리고 갑자기 우리 쪽으로 고개를 돌렸다. 우리가 숨어 있는 걸 알아차린 줄 알았는데 단순히 두리번거리고 있는 것 같았다.

"거정 말아요. 안 들켰으니까. 그녀는 이제 막 새로 태어난 거예요. 시공 진동…, 세계의 변경이 종료되었어요. 콘, 이번엔 우리 차례예요."

아사히나 선배(대)의 딱딱하고 진지한 목소리가 신호였다.

난 어둠에서 몸을 일으켜 교문을 향해 걸어갔다. 당황하지도 도망치지도 않는다. 우려했던 대로 그 녀석은 가로등 불빛을 받은 날 보고서도 교문 앞에 우뚝 서 있기만 할 뿐이었다. 변한 것은 표정뿐이다. 그 얼굴에 놀란 빛이 드러나자, 난 왠지 우울한 기분이 들었다.

"여어."

난 말을 걸며 오랜만에 만나는 친구를 대하듯 걸어갔다.

"나야. 다시 만났네."

아사히나 선배(대)의 말투로 막연하게 느끼고는 있었다. 내가 알고 있는 녀석들 중 하루히 외에 이런 일을 할 수 있는 건 누구인지. 생각해봐라. 18일 이후, SOS단 녀석들은 모두 비밀 프로필을 잃어버렸다. 하지만 성격까지 변하지는 않았다. 그 가운데 유일하게 지금까지 없었던 행동과 표정과 동작을 보이는 녀석이 있었다.

어둠 속에서 작은 몸집의 키타고 교복을 입은 그림자가 멍하니 서 있었다. 왜 자신이 이런 곳에 있는지 고민하는, 이제 막 눈을 뜬 몽유병 환자처럼 주위를 둘러보는 그 모습은―.

"나가토."

나는 말했다.

"네가 한 짓이었구나."

안경을 쓰고 있었다. 이건 그 나가토다. 18일 이후의, 문예부의 일개 부원에 불과한 나가토 유키. 우주인도 그 무엇도 아닌 소심한 성격의 독서광.

안경을 쓴 그 나가토는 더 놀란 표정을 지었다. 사태가 파악이 안 된다는 듯.

"…왜 여기에 네가…"

"너야말로 왜 이런 곳에 있는지 알겠어?"

"…산책."

나가토는 가느다란 목소리로 말했다. 눈을 크게 뜨고 날 바라보는 소녀의 얼굴에서 안경이 가로등 불빛을 반사하고 있었다. 그 광경을 보며 난 생각했다.

그게 아냐. 그게 아니라고, 나가토.

이 녀석은 지쳐 있었던 거다. 하루히의 충동적인 행동에 휘둘리고, 나를 지켜주고, 아마 우리도 모르는 곳에서 비밀스런 활약을 하며—그런 일 때문에 많은 피로가 쌓였던 것이다.

조금 전까지 내가 있던 나가토의 방에서 3년 전의 나가토는 말했다.

『내 메모리 공간에 축적된 에러 데이터 집합이 내장된 버그 트리거가 되어 이상 동작을 일으켰다. 그건 불가피한 현상이라 예상된다. 난 반드시 3년 후의 12월 18일에 세계를 재구축할 것이다.』

그리고 담담히 말을 이었다.

『대처 방법은 없다. 왜냐하면 그 에러의 원인이 무엇인지 난 알 수 없기 때문이다.』

난 알 수 있었다.

나가토가 스스로도 이해하지 못한 이상 동작의 방아쇠가 무엇이었는지. 쌓이고 쌓인 에러 데이터가 무엇인지.

그건 진짜 뻔한 거다. 프로그램대로만 움직이게 되는 인공 지능이라도, 그런 회로가 들어 있지 않은 로봇이라도 시간이 지나면 그걸 갖게 되는 게 패턴이다. 너는 이해 못 하겠지. 하지만 난 이해할 수 있다. 그리고 아마 하루히도 이해할 수 있을 것이다.

난 나가토의 당황하는 얼굴을 천천히 관찰했다. 나약한 문예부원 여학생은 불편한 듯 그 자리에 서 있었다. 당장에라도 사라질 것만 같은 그런 모습을 향해 난 속으로 말을 건넸다.

—그건 나가토, 감정이란 거야.

넌 감정이 없는 상태가 기본 사양이라 더욱 그랬을 거다.

가끔은 소리도 치고 난동도 부리고 누군가에게 너 같은 건 모른다고 말을 하고 싶었을 거다. 아니, 이 녀석이 그렇게 생각하지 않았다 해도 그렇게 해야 했다. 그렇게 하게 해야 했던 거다. 책임은 내게도 있다. 자꾸만 모든 걸 나가토한테 맡기는 버릇이 들고 만 나의 의존하려는 마음.

나가토라면 어떻게든 해줄 거란 생각에 거기서 사고를 정지해버렸던 어리석은 녀석. 난 하루히보다 더 나쁜 바보다. 누구를 욕할 권리도 없다.

덕분에 나가토는—이 녀석은 세계를 바꿔버리려 했을 정도로 맛이 가버린 것이다.

버그라고? 에러라고?

시끄러워. 그런 게 아니다.

이건 나가토의 희망이다. 이런 평범한 세계를 나가토는 바란 것이다.

내 기억만을 남긴 채 그 이외의 것을, 자신을 포함한 모든 것을 바꿔버린 것이다.

며칠 동안 나를 고민하게 만들었던 이 의문에 대한 답도 지금은 명백하다.

—왜 나만 원래대로 놔둔 걸까?

　대답은 단순하다. 이 녀석은 내게 선택권을 준 것이다.

　바뀐 세계가 좋은지, 원래 있던 세계가 좋은지. 날 보고 선택하라는 시나리오다.

　"젠장."

　선택하고 자시고 할 게 뭐가 있냐.

　분명 SOS단만이라면 회복이 가능하다. 하루히와 코이즈미는 다른 학교에 있지만 그런 건 큰 장애가 안 된다. 학교 외 활동이라고 하면 그만이니까. 단골 커피숍을 집합 장소로 하는 수수께끼의 동아리로 만들면 된다. 그곳에서도 역시 하루히는 알 수 없는 소리를 늘어놓을 것이고, 코이즈미는 웃기만 하고 있을 테고, 아사히나 선배는 당황할 것이고, 난 뚱한 표정으로 시선을 돌리고 있을 모습이 눈에 그려진다. 그리고 나가토도 그 정서불안정한 성격 그대로 그 자리에 있을 것이다. 조용히 책을 읽으면서. 하지만—.

　그건 내가 알고 있는 SOS단이 아니다. 나가토는 우주인이 아니고, 아사히나 선배도 미래인이 아니고, 코이즈미도 평범한 일반인, 하루히에게도 신비한 힘이 하나도 없는, 매우 상식적이고 단순한 그룹에 불과하다.

　그래도 좋으냐. 그게 더 좋았어?

　난 어떻게 생각하고 있지? 하루히가 일으키는 수많은 사건들, 비상식적인 사건들을 난 어떻게 생각해왔지?

　지긋지긋하다.

　이제 그만 좀 해라.

바보냐?

더는 상대 못 하겠다.

"……."

심장이 강렬하게 아파왔다.

내키지도 않으면서 귀찮은 일에 휘말리게 되는 일반인, 하루히가 갖고 오는 어려운 문제들에 마지못해 매달리는 고등학생. 그게 내 위치였다.

그리고 나는. 그래, 너 말야. 난 스스로에게 묻고 있다.

중요한 질문이니까 잘 들어라. 그리고 대답해. 무응답은 용서하지 않을 테니까. 예스나 노냐 둘 중 하나다. 알겠지. 그럼 지금부터 문제 낸다.

─그런 비일상적인 학교생활을 넌 즐겁다고 생각해본 적이 없냐?

대답해라, 생각해. 어때? 네 생각을 한번 말해보라고. 얘기해봐. 하루히에게 휘둘리고, 우주인의 습격을 받고, 미래인에게서 별난 얘기를 듣고, 초능력자에게서도 별난 얘기를 듣고, 폐쇄 공간에 갇히기도 하고, 거인이 난동을 부리고, 고양이가 말을 하고, 의미를 알 수 없는 시간 이동을 하기도 하고, 거기다 그 모든 것을 하루히에게 숨겨야만 한다는 제한된 규칙에다, 신비한 현상을 찾아다니는 SOS단의 단장만이 아무것도 모르는 행복한 상태, 장본인인데 깨닫지 못한다는 이 모순.

그런 게 즐겁다고 생각 안 했냐?

지긋지긋하고 그만 좀 하라고, 바보냐고 생각하고 더는 같이 못 어울리겠다 이거냐. 흥, 그러서. 그러니까 넌 이렇게 생각하고 있었다 이거군.

　—이딴 건 하나도 재미없어.

그렇지? 그렇다는 게 되잖아. 네가 실제로 하루히를 성가시다고 느끼고, 하루히가 가져오는 모든 것이 귀찮다고 느낀다면 넌 그걸 재미있다고 생각하지 않겠지. 아니라고는 말 못 할 거다. 불을 보듯 뻔하잖아.

하지만 넌 즐기고 있었어. 그게 더 재미있었다고.

왜냐고?

그럼 가르쳐주지.

　—넌 엔터 키를 눌렀잖아.

긴급 탈출 프로그램. 나가토가 남긴 다시 시작할 장치.

Ready?

그 질문에 넌 예스라고 대답했다.

그랬잖아.

모처럼 나가토 님이 세계를 안정된 상태로 만들어줬는데 넌 그걸 부정했어. 4월에 스즈미야 하루히를 만난 뒤로 만들어진 이 한심하고 웃기지도 않는 세계를 긍정한 거야. 학교에 우주인에 미래인에 초능력 소년이 어슬렁대는 망상과도 같은 세계로 돌아오고 싶어했다고.

왜 그런 거냐? 넌 늘 투덜거리기만 했잖아. 자신의 불행을 한탄만 하고 있지 않았냐고.

그렇다면 탈출 프로그램 따윈 무시했으면 됐잖아. 그쪽을 선택했으면 너는 하루히와도, 아사히나 선배와도, 코이즈미와도, 나가토와도 평범한 고등학교 친구로 남게 되어 하루히의 선두 하에 나름대로 즐거운 생활을 보낼 수 있었을 거다. 하루히에게 아무런 힘도 없는 생활을, 일상이 뒤틀리는 그런 현상과는 아무 인연도 없는 생활을 말야.

그곳에선 하루히는 잘난 척 으스대기만 하는 평범한 인간이고, 아사히나 선배는 미래인이라는 특수 속성을 갖고 있지 않은 귀여운 인기 캐릭터이고, 코이즈미는 배후에 요상한 조직을 두지 않은 일반 고등학생, 그리고 나가토도 얌전하고 독서를 좋아하는 소녀로 이상한 사명을 가지지도 않고 이상한 힘을 발휘하지도 않고, 누군가를 감시하거나 누구를 지킬 일도 없고, 평소엔 무표정한 얼굴이지만 별 것 아닌 농담에 갑자기 웃음을 터뜨린 뒤에 얼굴을 붉히고 시간이 지날수록 점점 마음을 열게 되는 그런 녀석이 됐을지도 모른다고.

그런 다른 일상을 넌 포기해버렸다.

왜 그런 거지?

다시 한번 묻겠다. 이걸로 마지막이야. 똑바로 대답해라.

난 민폐의 화신과 같은 하루히와 그 녀석이 일으키는 악몽과도 같은 사건을 즐겁다고 생각하지 않았냐? 말해.

"당연하지."

난 대답했다.

"당연히 즐거웠다. 뻔한 건 왜 물어보고 난리야."

재미있냐 아니냐고 묻는데 재미없다고 대답하는 녀석이 있다면 그 녀석은 진짜 바보다. 하루히의 30배는 무신경한 녀석이다.

우주인에 미래인에 초능력자라고.

그것들 중에 하나라도 충분한데 재미있는 캐릭터가 3연발이란 말이다. 게다가 하루히까지 더 큰 미스터리 파워를 발산해대고 있다고. 이걸 내가 재미있어하지 않을 리가 없잖아. 그런 입장이 불만이라면 그런 소릴 하는 녀석을 나는 반쯤 죽여버릴지도 모른다.

"그런 거야."

난 말했다. 자포자기한 거라고 하든 도리어 큰소리를 치는 거라고 하든 마음대로 말해라.

"역시 그쪽이 좋아. 이 세계는 영 느낌이 없는걸. 미안하다, 나가토. 난 지금의 네가 아닌 지금까지의 나가토가 좋아. 그리고 안경은 없는 게 더 낫겠다."

그 나가토는 날 돌아보며 의아한 표정을 지었다.

"무슨 소리를 하는 거야…"

내가 알고 있는 나가토 유키는 이런 말은 절대로 안 한다.

이 3일 동안 내가 이상한 것을 깨달은 아침부터 지금까지 있었던 일을 이 녀석은 모른다. 당연하다. 이 나가토는 조금 전에 새로 태어났고, 아직 나와 아무것도 함께 하지 않았다. 문예부실에 뛰어든 나를 놀란 표정으로 쳐다보는 것도 아직 하지 않은 상태다.

이 나가토에겐 위조된 도서관에서의 기억밖에 없다. 그 이외의 나와의 기억은 이 녀석에게는 이제부터 일어날 일이다.

예전에 난 하루히와 잿빛 폐쇄 공간에 단둘이 갇혔던 적이 있다. 코이즈미의 말에 따르면 그건 하루히가 새로운 세계를 만들려고 했기 때문이다.

나가토가 이용한 것도 그것일 것이다. 나가토는 하루히에게서 예의 수수께끼의 힘을 긁어냈든, 빼앗았든 해서 이 세계를 창조한 것이다.

그것은 너무나도 편리한 힘이다. 누구나 모든 것을 새로 시작하고 싶다는 생각을 할 때가 있다. 현실 자체를 자신의 상황에 맞게 바꿔버리고 싶다는 생각을 하는 적도 있다.

하지만 보통은 불가능한 일이다. 하지 않는 게 낫다. 내게 처음부터 다시 시작할 생각은 없다. 그래서 나는 하루히와 함께 폐쇄 공간에서 돌아온 거다.

이번 일은 신인지 뭔지는 모르겠지만 그 기가 막힌 힘이 하루히에게서 나가토로 옮겨간 것뿐이다. 하루히는 자각하지 못한 채, 맛이 간 나가토는 자각을 한 채로 세계를 바꾸었다.

"나가토."

난 오도카니 서 있는 작은 그림자에게로 다가갔다. 나가토는 꼼짝도 않은 채 날 바라보고 있었다.

"몇 번을 말해도 내 대답은 같아. 원래대로 돌려줘. 너도 원래대로 돌아가라. 다시 함께 동아리방에서 뭔가를 해보자. 말해주면 나도 널 도울게. 하루히도 그렇게 자주 폭발하지는 않잖아. 이런 필요 없는 힘을 써서 억지로 바꾸지 않아도 돼. 그대로가 좋았다고."

안경 너머로 보이는 눈동자가 두려움에 찬 빛을 띤다.

"콘…."

아사히나 선배가 내 셔츠 자락을 잡아당겼다.

"이 나가토 씨에겐 무슨 소릴 해도 안 통해. 그녀는 이미 자신을 바꿔버렸으니까. 이 나가토 씨는 아무 힘도 없는 평범한… 소녀야 …."

갑자기 생각났다.

머리가 긴 하루히. 날 존이라 부르며 키타고로 쳐들어왔던, 신도 무엇도 아닌 일반인인 하루히. 내가 말한 SOS단 이야기를 눈을 반짝이며 듣고 "재미있겠다"고 웃던 그 녀석.

그 하루히를 좋아한다고 말한 코이즈미의 핸섬 스마일. 내 체육복을 입고 복잡한 표정을 짓던 우량 전학생.

가입 신청서를 내밀고 자기 방으로 초대하고, 거짓부렁인 나와의 기억을 늘어놓던 안경을 쓴 나가토. 꼭 다시 한번 보고 싶다는 생각이 드는 희미한 미소.

그 녀석들과는 이제 만나지 못한다. 솔직히 하나도 아쉽지 않은 건 아니다. 하지만 녀석들은 원래 거짓된 존재인 것이다. 나의 하루히와 코이즈미와 나가토와 아사히나 선배가 아니다.

안녕이란 인사를 못 건넨 건 아쉽지만, 난 나의 하루히와 코이즈미와 나가토와 아사히나 선배를 되찾을 거다. 그렇게 결정했다.

"미안하다."

난 총 모양의 장치를 잡았다. 나가토가 얼어붙었으므로, 그 반응에 상당히 큰 죄책감을 느꼈다. 하지만 여기까지 와서 주저할 수는 없다.

"곧 원래대로 돌아갈 거야. 다시 함께 많은 곳을 돌아다니자. 일단 크리스마스 파티 때 전골 요리를 먹고, 그리고 겨울 산장에도 가자. 이번엔 네가 명탐정을 맡아라. 사건이 발생한 순간에 해결해버리는 슈퍼 명탐정은 어때? 그게—."

"쿈! 위험…! 꺄악!!"

아사히나 선배의 비명 소리와 동시에 내 등 뒤로 누군가가 몸통 박치기를 날렸다. 쿵 하는 충격이 몸을 흔들었고, 가로등 불빛을 받은 내 그림자도 흔들렸다. 그 그림자에 누군가의 그림자가 녹아들어 있다. 뭐지? 누구야?

"나가토를 상처 입히는 건 용서 못 해."

고개를 틀어 뒤를 돌아보았다. 어깨 너머로 여자의 하얀 얼굴이 보였다.

아사쿠라 료코.

"뭐…."

말이 나오지 않았다. 옆구리에 서늘한 물건이 꽂혀 있다. 납작한 물건이 깊숙이 몸 속에 침입해 있다. 묘하게 차갑다. 통증보다 위화감이 앞섰다. 뭐지, 이건? 대체 뭐야? 왜 여기에 아사쿠라가 있는 거지.

"후훗."

웃지 못하는 가면이 웃는 것 같은 미소였다. 아사쿠라는 느릿한 움직임으로 내게서 떨어져 내 옆구리에 꽂힌 피투성이의 기다란 칼을 잡아뺐다.

그걸로 기댈 곳을 잃은 나는 송곳처럼 회전하며 바닥으로 쓰러졌다. 그런 내 눈앞에서—나가토는 맥이 풀린 듯 엉덩방아를 찧고 있었다. 떨리는 입술이 말한다.

"아사쿠라…."

아사쿠라는 내 피가 묻은 아미 나이프를 인사하듯 휘둘렀다.

"그래, 나가토. 난 여기에 있어. 널 위협하는 건 내가 제거할 거야. 그러기 위해 난 여기에 있는 거니까."

아사쿠라가 웃었다.

"네가 그렇게 바란 거 아냐? 맞지?"

거짓말이다. 나가토가 바랄 리가 없다. 마음대로 울지 않는 새는 죽여버리자는 생각을 할 리가 없다. 아니다. 이상 동작을 일으킨 나가토. 그 나가토가 재생시킨 아사쿠라도 이상한 녀석이 되었다. 이녀석은 나가토의 그림자다….

아사쿠라는 내 위에 옅은 그림자를 드리웠다. 아사쿠라의 머리 위로 이지러진 달이 나타났다 사라졌다.

"결정타를 날려주지. 이제 그만 죽어. 넌 나가토를 괴롭히고 있다. 아파? 그렇겠지. 천천히 맛보는 게 좋을 거야. 그게 네가 느끼는 인생의 마지막 감각이니까."

위로 치켜 올라가는 딱딱한 나이프. 그것이 노리는 끝에는 내 심장이 있다. 피가 콸콸 흘러나온다. 이것만으로도 이미 치명상이 아닌가…? 멍하니 그런 생각을 했다. 현실 감각이 유리되어 있다. 살인마 아사쿠라. 여기에서의 네 역할도 그거였냐. 나가토 유키의 백업….

그리고 나이프가 내려왔고….

섬광과 같이 옆에서 손이 뻗어나왔다.

"—!"

칼끝을 누군가가 잡고 있었다. 맨손으로.

"누구야?!"

맨손이라니…, 언젠가 어디선가 봤던 광경이군….

혼탁해지는 의식으로는 그 얼굴이 잘 파악되지 않았다. 빛이 부족하다. 밝기를 더 올려봐. 가로등 불빛이 역광이라 얼굴이 어둡다. 짧은 머리의 소녀…. 키타고의 세일러복…. 안경은 없다…는 것밖에 보이질 않는다…. 코이즈미…, 조명 담당은 뭘 하고 있는 거지……?

"아…?"

의문 부호를 단 작은 소리를 낸 이는 땅바닥에 엉덩방아를 찧고 있는 나가토였다. 안경이 가로등 불빛을 반사해 표정까지는 보이지 않았다. 공포인지, 경악인지….

"왜?! 너는…?! 어째서….."

아사쿠라가 소리치고 있다. 칼을 붙잡은 녀석에게 말하고 있는 것 같았지만, 그 상대는 아무 대답도 없다.

아사히나 선배의 목소리가 가까이에서 들린다.

"미안해…, 콘. 나 알고 있었는데….."

"콘! 콘…. 안 돼, 안 돼."

아사히나 선배의 모습이 겹쳐 보인다. 한 명은 어른 아사히나 선배. 다른 한 명은 어린애와 같은 나의 아사히나 선배. 둘 다 똑같은 우는 얼굴로 내 몸을 흔들고 있다. 아사히나 선배도 참, 아프다니까요.

…….

…어, 어째서 여기에 아사히나 선배(소)가 있는 거지. 어른판 아사히나 선배가 매달리는 건 이해가 간다. 여기까지 같이 왔으니까.

하지만 작은 아사히나 선배는 어디서 나타난 거야? 아, 그래. 난 좋게 말해 환각, 나쁘게 말해 주마등을 보고 있는 거구나….

고통보다도 힘차게 피가 흐르는 감각이 공포 그 자체였다.

위험하다, 죽겠다.

유언을 준비하지 못한 걸 분하게 여기고 있는데, 누군가의 기척이 내 머리 위로 느껴졌다. 그 녀석은 나와 사이좋게 땅바닥에 떨어져 있는 나가토제 주사장치를 주워들었다.

들어본 적이 있는 것 같지만 누군지 알 수 없는 목소리가 말했다.

"미안하다. 사정이 있어서 도와줄 수가 없었어. 하지만 신경 쓰지 마라. 나도 아팠거든. 뭐, 나중 일은 우리가 어떻게든 처리할게. 아니, 어떻게든 해결된다는 건 이미 알고 있다. 너도 곧 알 수 있을 거야. 지금은 자고 있어라."

무슨 소리를 하고 있는지, 누구한테 말을 하는 건지, 어떻게 해서 해결할 거라는 건지, 아사쿠라의 결정타와 바닥에 손을 짚고 있는 안경 쓴 나가토 유키와 두 사람의 아사히나 선배와 다른 학교 교복을 입고 있는 하루히의 영상이 뒤죽박죽이 되었고,

내 의식은 소실되었다.

제6장

사각사각.

귀에 시원한 소리가 들린다.

어둠 속에서 서서히 떠오르고 있는 의식의 끝자락에서 난 멍하니 생각하고 있었다.

꿈이었는지도 모르겠다. 뭔가 엄청나게 재미있는 꿈을 꾼 걸 기억하고 눈을 뜬 5분 정도까지는 끝내준다고 생각하고 있었는데 이를 닦는 사이 서서히 디테일한 부분이 흐릿해지고 밥을 먹는 사이에 사라져버려, 정신을 차리고 보니 '굉장히 재미있는 꿈이었다'는 윤곽만이 남아 있다. 그런 경험이라면 많이 있다.

그리고 전혀 재미없는 꿈인데 세밀한 부분이 명확하게 언제까지고 뇌리에 달라붙어 있었던 적도 많다. 혹은 꿈인 것 같지만 꿈이 아니었는지도 모른다. 하루히와 폐쇄 공간에 갇혔던 그 밤과 같은, 실제로 일어났었지만 없었던 일이 되어버린 그 기억처럼.

내가 눈을 떴을 때 제일 먼저 한 생각은 그런 것이었다.

하얀 천장이 보인다. 내 방은 아니다. 아침인지 저녁인지, 투명한 오렌지색 빛이 천장과 마찬가지로 하얀 벽을 물들이고 있었다.

"응?"

서서히 맑아지고 있는 머릿속에 들려온 그 목소리는 경건한 신자가 듣는 교회 종소리처럼 편안함으로 가득 차 있는 것 같았다.

"이제야 정신이 드셨나보군요. 꽤 깊은 잠을 주무셨네요."

난 고개를 돌려 목소리의 주인을 찾았다. 그 녀석은 누워 있는 내 옆구리 쪽에 있었는데, 의자에 앉아 과도로 사과 껍질을 깎고 있었다. 사각사각. 빨간 껍질이 끊기지도 않고 아래로 처진다.

"좋은 아침이라고 해야 할까요? 벌써 저녁이 다 됐지만요."

코이즈미 이츠키의 온화한 미소가 그곳에 있었다.

순식간에 코이즈미는 사과 하나를 다 깎더니 접시에 올려 사이드 테이블에 놓았다. 그리고 종이봉투에서 두 번째 사과를 꺼내며 내게 미소를 지었다.

"정신이 드셔서 다행이에요. 정말 어떡하나 싶었다고요. 아……, 멍한 얼굴이신데, 제가 누군지 아시겠습니까?"

"너야말로 내가 누군지 알고 있냐?"

"이상한 말을 하는군요. 물론이죠."

이 코이즈미가 어느 쪽 코이즈미인지, 그건 복장을 보면 알 수 있었다.

남색 재킷의 교복 차림. 검정 차이나 칼라 교복이 아니다.

키타고의 교복이다.

난 덮고 있던 이불 안에서 한쪽 손을 꺼냈다. 링거 튜브가 달려 있었다. 그것을 바라보며 물었다.

"지금은 언제지?"

코이즈미는 이 녀석치고는 특이하게 놀란 표정을 지었다.

"눈을 뜨자마자 처음 던지는 질문이 그겁니까? 마치 자기가 처한 상황을 파악하고 있는 것 같은 말입니다만, 대답을 하자면 지금은 12월 21일 오후 5시경입니다."

"21일이라…."

"네, 당신이 의식불명 상태가 된 지 오늘로 3일째예요."

3일째? 의식불명?

"여긴 어디지?"

"병원입니다."

난 주위를 관찰했다. 훌륭한 개인 병실. 그 침대 위에 내가 누워 있다. 개인실에 들어오게 되다니. 우리 집에 그런 재원이 있을 줄은 몰랐는데.

"저희 숙부님 아시는 분이 이곳 이사장이라 특별히 편의를 봐줬다―고 되어 있습니다."

그럼 그게 아니란 소리군.

"네. '기관'에 부탁해 손을 썼어요. 1년쯤은 특별세일 가격으로 머무를 수 있을 겁니다. 하지만 3일 만에 끝나 저도 안도가 되는군요. 아니, 돈 문제가 아닙니다. 제가 옆에 있으면서 대체 뭘 하고 있었냐고 위에서 말을 들었거든요. 시말서 감이죠."

21일의 3일 전이면 18일이다. 그날의 내게 무슨 일이 일어났는가 하면…. 아아, 그렇지. 난 출혈 과다로 죽기 직전의 상황에 처해서 병원으로 옮겨져…. 아니, 잠깐만. 뭔가 이상하다.

난 입고 있는 환자복을 조심스럽게 걷고 오른쪽 옆구리를 만져보았다.

아무것도 없다. 간지럽기만 할 뿐 하나도 아프지 않다. 3일 사이에 나을 만한 상처는 아닐 텐데. 누가 수리를 해준 게 아닌 이상.

"내가 여기에 있는 이유는 뭐지? 의식불명이라고?"

"역시 기억을 못 하시나요? 무리도 아니죠. 머리를 심하게 부딪혔으니까요."

난 머리에 손을 댔다. 여기도 머리카락밖에 없다. 붕대가 감겨 있다거나 그물망을 뒤집어쓰고 있는 건 아니다.

"그래요. 신기하게도 외상은 전혀 없었답니다. 내출혈도 아니었고 뇌 기능에 이상이 있는 것도 아니었어요. 어디가 문제인지 담당 의사도 고개를 갸웃거렸다니까요."

하지만, 코이즈미가 말했다.

"우리는 당신이 계단에서 굴러떨어지는 걸 목격했죠. 정말 훌륭하다는 표현이 어울릴 만한 계단 낙하였습니다. 솔직히 말해 파랗게 질렸었어요. 그대로 영면해도 이상하지 않을 것 같은 엄청난 소리가 났거든요. 그때의 상황을 말해볼까요?"

"말해봐."

동아리 건물 계단을 내려가던 도중에 난 발이 미끄러졌는지, 어떻게 된 건지 계단을 헛디뎠다. 그대로 머리부터 굴러떨어져 뒤통수를 층계참에 쿵! 소리가 날 정도로 부딪히더니 움직이질 않았다.

코이즈미의 설명에 따르면 그렇게 된 거라고 했다.

"대단했어요. 구급차를 부르고 축 늘어진 당신을 따라 병원까지 오고 말이죠. 창백해진 스즈미아 씨의 모습은 그때 처음 봤죠. 아아, 구급차를 부른 건 나가토 씨입니다. 그녀의 냉정함 덕분에 살았어요."

"아사히나 선배는 어떤 반응을 보였지?"

코이즈미는 어깨를 치켜올렸다.

"당신이 생각하는 그대로일걸요. 울면서 매달려서는 당신의 이름을 계속해서 불러댔죠."

"그 일이 일어난 건 18일 몇 시경이지? 어느 계단이냐?"

계속해서 질문했다. 18일이라면 세계가 바뀌어버려 내가 당황했던 첫날이다.

"그것도 기억이 안 나세요? 오후 지나서였어요. SOS단 전체 회의를 마치고 우리는 다섯 명이서 쇼핑을 가려고 했었죠."

쇼핑?

"그 기억마저 날아간 것 같네요. 혹시 그런 건 아니겠지만 잊은 척하고 있는 건 아니겠죠?"

"어서 얘기나 계속해."

코이즈미가 미소를 짓는다.

"그날 회의 주제는, 으음, 25일 크리스마스에 스즈미야 씨 동네에서 어린이 모임 집회가 있는데 그곳에 우리 SOS단이 게스트 출연을 한다는 거였습니다. 아사히나 선배의 산타 의상을 유용하게 이용하자는 거였죠. 그녀가 산타 역을 맡아 아이들에게 선물을 나눠준다는 참 훈훈한 이벤트예요. 스즈미야 씨가 수배를 해놨습니다."

늘 하던 대로 참 멋대로 구는군.

"하지만 산타 한 명으로는 리얼리티가 부족하다 생각한 걸까요. 스즈미야 씨는 다른 사람에게 사슴 옷을 입혀서 아사히나 선배를 태워 행사장에 입장시키자는 시나리오를 써놨어요. 제비뽑기로 결정했는데, 누가 그 역을 맡았는지 그건 기억이 나십니까?"

전혀. 원래 없던 기억을 떠올릴 수 있다면 그 녀석은 완벽한 사기

꾼이다. 다른 병동에 입원할 필요가 있다. 하지만 이 코이즈미에게 해봤자 통하지 않을 소리다.

"뭐, 당신이 됐는데요. 그렇게 돼서 사슴 옷을 만들기로 했는데 그걸 위한 재료를 사러 시내로 가자고 얘기가 돼서 건물 계단을 내려가는데 당신이 굴러떨어진 겁니다."

"쪽팔리는 얘기군."

그렇게 말하자 코이즈미는 살짝 눈살을 찌푸렸다.

"당신은 맨 뒤에서 걸어오고 있었어요. 그래서 그때의 모습을 본 사람은 아무도 없습니다. 우리 옆을 이렇게" 코이즈미는 오른손에 든 사과를 데굴데굴 굴려 왼손으로 받는 퍼포먼스를 보이고선, "데굴데굴 굴러 떨어진 거죠. 하지만요."

다시 사과 껍질을 벗기기 시작하며 코이즈미가 말을 이었다.

"꿈쩍도 안 하는 당신에게 달려간 뒤에, 계단 위에 누가 있었던 것 같다고 스즈미야 씨가 그랬어요. 층계참 모퉁이에서 교복 치마가 순간 펄럭였다 다시 들어간 것 같다고요. 저도 신경이 쓰여 조사를 해봤지만 그 시간의 동아리 건물에는 우리말고는 아무도 남아 있지 않았고, 나가토 씨도 고개를 저었습니다. 환상의 여인인 거죠. 누군가에게 밀려 떨어졌는지 당신의 증언을 기다리고 있었습니다만⋯."

기억이 안 난다. 일단 이렇게 말해두는 게 제일 낫겠지. 단순한 사고, 내 부주의가 부른 단순한 사고다. 그렇게 넘어가자.

"문병 온 건 너뿐이냐?"

하루히는 어디 있냐고 말을 하려다 말았다. 하지만 코이즈미는 쿡쿡거리며 웃었다.

"조금 전부터 뭘 두리번거리고 있는 겁니까? 누굴 찾고 있는 거죠? 걱정 마십시오. 우리는 시간 교대로 당신을 지키고 있는 거예요. 당신이 눈을 떴을 때 누군가가 옆에 있을 수 있도록요. 이제 아사히나 씨가 올 때가 됐는데요."

코이즈미의 시선이 묘하게 신경이 쓰였다. 만우절의 거짓말을 순진하게 믿은 친구를 보며 속으로 재미있어하는 듯한 그 눈은 뭐냐?

"아뇨, 당신이 부럽다고 생각하고 있었을 뿐입니다. 선망이라고나 할까요."

이 상황에서 할 말은 아닐 텐데.

"우리 단원은 교대제지만, 단장쯤 되면 부하의 몸을 걱정하는 것도 임무 중 하나라면서."

코이즈미는 껍질을 다 벗긴 사과를 예쁘게 잘라 토끼 모양을 만들어 테이블 위의 접시에 놓았다.

"스즈미야 씨는 계속 여기 있습니다. 3일 전부터 줄곧요."

손가락으로 가리킨 방향을 보았다. 코이즈미로부터 내 침대를 끼고 반대편. 그 바닥.

"……"

있었다.

침낭에 몸을 만 하루히가 입을 뚱하니 다물고 자고 있었다.

"그녀도, 저도 걱정하고 있었어요."

애수에 찬 목소리에서 연기하는 티가 팍팍 난다.

"특히 스즈미야 씨가 얼마나 동요를 하던지…. 아니, 이건 다음 기회에 얘기하도록 하죠. 아무튼 지금은 당신이 제일 먼저 해야 할 일이 있지 않은가요?"

모든 사람들이 내게 지시를 내리고 싶어한다. 아사히나 선배(대)와 이 코이즈미와…. 하지만 그런 군소리는 봉인이다. 그건 코이즈미가 과하게 깎아놓은 사과를 누가 먹느냐는 걸 따지는 것과 같은 수준의, 아무래도 좋은 일이다.

"그래."

나는 말했다.

자는 얼굴에 낙서하기…가 아니다. 그것도 다음 기회로 미루자. 앞으로 그럴 기회는 얼마든지 올 테니까.

난 침대에 앉은 채 손을 뻗어 화난 얼굴로 자고 있는 얼굴을 손끝으로 만졌다.

포니테일 스타일을 하기에는 부족한 길이. 내 눈에는 너무나도 그리운 그 검은 머리가 간지럽다는 듯 흔들렸다.

하루히가 눈을 떴다.

"…음?"

알아들을 수 없는 신음소리를 내며 가늘게 눈을 뜬 하루히는 자신의 뺨을 꼬집고 있는 이가 누구인지 깨달은 순간,

"앗?!"

침낭에 들어가 있다는 걸 잊었는지 스프링처럼 뛰어 일어나려다가 실패하고 벌러덩 옆으로 회전을 해 자벌레처럼 꿈틀대다 버둥거리며 기어나와 벌떡 일어나자마자 내게 검지를 들어 삿대질을 하며 소리쳤다.

"쿈, 너! 일어났으면 일어났다고 말을 한 다음에 일어나라고! 나

도 나름대로 준비가 필요한데 말이야!"

말이 되는 소리를 해라. 하지만 그런 너의 고함소리가 현재의 내게는 무엇보다 큰 약이다.

"하루히."

"왜?"

"침 닦아."

입술과 이마를 꿈틀거리며 하루히는 황급히 입가를 훔치더니 그래도 얼굴을 만져대며 날 노려보았다.

"너, 내 얼굴에 낙서한 건 아니겠지?"

하고 싶기는 했지.

"흥. 그리고 또 할 말 없어? 너 말야."

생각한 그대로 대답했다.

"걱정 끼친 것 같네. 미안하다."

"아, 알았으면 됐어. 당연하지. 단원을 걱정하는 건 단장의 임무니까!"

하루히의 고함소리를 기분 좋게 듣고 있는데 문을 노크하는 힘없는 소리가 들렸다. 코이즈미가 재빨리 일어나 미닫이식 문을 열었다.

그곳에 서 있던 세 번째 문안 손님은 날 보자마자,

"아. 앗. 앗."

당황한 목소리를 내며 꽃병을 안은 채 문 앞에 굳어버렸다. 풍성한 머리, 기적과 같이 귀여운 동안, 키는 작지만 글래머러스한 키타고의 선배.

"여어…, 아사히나 선배. 안녕하세요."

오랜만인지 어떤지 지금의 나는 도통 파악이 안 됩니다만.

"히잉…."

아사히나 선배는 눈물을 뚝뚝 흘리더니,

"다행이다…. 정말… 다행이다…."

언젠가처럼 안겼으면 하는 바람이었고, 아사히나 선배도 그럴 생각이었는지는 모르겠지만 화병을 놓는 것을 까맣게 잊어버린 듯 그저 울기만 하고 있었다.

"오버하기는. 조금 머리를 부딪쳐 기절했던 것뿐이잖아. 난 다 알고 있었다고. 쿈이 눈을 안 뜰 리가 없잖아."

하루히는 약간 들뜬 목소리로 나를 보지도 않고 말했다.

"내가 정했으니까. SOS단은 연중무휴란 말야. 절대로 모두 다 모이지 않으면 안 돼. 머리를 부딪혔다고, 잠이나 퍼 자고 있다고, 그런 이유로 병결은 인정할 수 없어. 알겠어, 쿈? 3일치의 무단결석의 대가는 크다. 벌금이야, 벌금! 그리고 연체료도!"

코이즈미는 가벼운 미소를 짓고 있었고, 아사히나 선배는 구슬 같은 눈물을 연신 흘리고 있었고, 또 하루히는 엉뚱한 곳을 향해 소리를 치고 있는 것처럼 보였다.

그 모두를 돌아보며 난 고개를 끄덕인 뒤 어깨를 으쓱했다.

"알고 있어. 연체료 포함해서 얼마를 내면 되는 거냐?"

하루히는 날 누려본 뒤 거짓말 같은 미소를 지었다. 하여튼 단순한 녀석이다.

그 자리에서 나는 모두에게 3일 동안 커피숍에서 쏘라는 말을 듣고 아무리도 정기권을 해약해야겠다는 생각을 하고 있는데.

"그리고 있지."

아직도 남았냐.

"응, 걱정한 비용은 별도잖아. 그래, 콘. 크리스마스 파티에서 네가 사슴 의상을 입고 우리들 앞에서 개인기를 선보이는 거야. 우리 모두가 다 오케이할 때까지 몇 번이고 다시 하는 거다. 재미없으면 다른 차원으로 날려버릴 거야! 그리고 하는 김에 어린이 모임에서도 하도록. 알았지!"

하루히는 프리즘처럼 눈을 빛내며 다시 내게 검지를 들어 삿대질을 했다.

눈을 뜬 건 다행이었지만 바로 퇴원을 할 수는 없었다. 달려온 의사에게 진찰을 받은 다음 검사실로 끌려가 이런저런 기계 위에 누워야 했다. 개조인간이라도 만들 것 같은 기세마저 느껴져 끔찍한 기분이었다. 게다가 하루 더 상황을 보며 각종 검사에 몸을 맡기게 되어 오늘 밤도 병원에서 자야 할 것 같았다. 오늘 밤이라 해도 내게는 오늘이 첫날이고 입원이라곤 해본 적도 없으니 좋은 기회일지도 모르겠다.

하루히와 코이즈미, 아사히나 선배는 어머니와 동생이 오자 나를 맡기고 돌아갔다. 나름대로 예의를 차린 것으로 보였지만, 그런 신경이 하루히에게 있었다니 놀랄 일이다.

동생과 어머니를 상대하며 난 뇌를 굴리고 있었다.

그대로였다면 어땠을까. 나가토와 아사히나 선배와 코이즈미는 평범한 사람으로 처음부터 비상식적인 정체를 숨기고 있지 않은 존재. 나가토는 과묵하고 책을 좋아하는 문예부원, 아사히나 선배는 절벽 위의 꽃과 같은 선배, 코이즈미는 다른 학교의 평범한 전학생.

그리고 하루히도 성격만 조금 꼬인 여고생이었다면.

거기서부터 시작되는 이야기도 있었을지 모른다. 현실 인식 어쩌고저쩌고 하는 소리니 세계의 변용이 이러쿵저러쿵 하는 말과 같은, 일그러진 일상과는 인연이 없는 이야기.

분명 그곳에는 내가 나설 자리는 없다. 난 담담히 학창시절을 보내고 담담하게 졸업을 했을 것이다.

그런 생활의 어디가 행복했을까.

이젠 알고 있다.

난 바로 '지금'이 즐거웠다. 그렇지 않았다면 목숨을 걸고 내가 한 행위는 모든 게 헛수고가 되어버리지 않는가.

여기서 질문이다. 당신이라면 어느 쪽을 선택하겠나? 대답은 명백할 것이다. 그렇지 않으면 나 혼자만 그렇게 생각하고 있는 것뿐인가?

마침내 식구들도 집에 가고 소등 시간을 맞이한 병실에서 난 천장을 올려다보고 있었다. 할 일도 없어 눈을 감고 어둠을 청했다.

나의 이 3일간. 이 세계의 나는 그 3일 내내 잠든 채 시간을 보냈다고 한다.

이 세계는 두 번 변경이 되었다. 저 나가토가 일그러뜨린 세계를 다시 변경해 원래대로 되돌린 세계가 바로 여기다. 그럼 누가 두 번째 재변경을 한 거지?

하루히는 아니다. 저 3일 동안의 하루히에게는 그런 힘이 없었고, 이곳의 하루히는 변경된 사실을 모른다.

그럼 누구지?

아사쿠라의 나이프를 맨손으로 막아준 것은, 그런 일을 할 수 있는 건, 그런 일을 할 만한 녀석은─.

나가토밖에 없다.

그리고 내가 의식을 잃기 전에 본 두 사람의 아사히나 선배. 어른이 아닌 쪽의 아사히나 선배, 그건 나의 아사히나 선배다. 이 세계에 있는, 내가 잘 알고 있는, 미래에서 온 귀여운 선배다.

거기에 또 다른 한 명, 그 목소리의 주인도 그렇다. 마지막에 내게 말을 건, 어디선가 들어본 적이 있는 목소리.

떠올리려 노력하다가 그런 노력은 필요 없다는 사실을 곧 깨달았다.

그건 내 목소리다.

"그래, 그런 거구나."

그렇다는 건 말이지.

난 다시 한번 그 시간에 가야만 한다는 소리였다. 12월 18일 아침부터 시간을 역행해 돌아가야 한다. 이 시간에 있는 아사히나 선배와 나가토와 셋이서.

그렇게 세계를 지금 여기 있는 형태로 되돌리는 것이다.

아사히나 선배의 임무는 그 시점으로 나와 나가토를 데리고 가는 것. 나가토의 임무는 미쳐버린 3일이란 시간과 이상해지고 만 저 나가토를 정상화시키는 것이다. 다시 하루히의 힘을 빌리든가 정보 통합 사념체가 그걸 할지는 알 수 없지만.

그리고 내게도 임무가 있다.

그렇잖아? 난 그때 내 목소리를 들었다. 들었기 때문에 지금의 내가 있다. 나를 나로 만들기 위해 나는 과거의 내게 말할 필요가 있다.

"미안하다. 사정이 있어서 도와줄 수가 없었어. 하지만 신경 쓰지 마라. 나도 아팠거든. 뭐, 나중 일은 우리가 어떻게든 처리할게. 아니, 어떻게든 해결된다는 건 이미 알고 있다. 너도 곧 알 수 있을 거야. 지금은 자고 있어라."

대사를 연습해보았다. 분명히 이런 식이었던 것 같다. 한마디쯤은 틀렸을지도 모르지만 대충은 맞을 거다.

흉기에 쓰러진 날 대신해 예의 주사 장치를 쓰는 것도 앞으로의 내가 될 것이다.

미친 아사쿠라의 습격에서 구해주지 못한 이유도 이해가 간다. 그 목소리의 나는 그때 당황해 달려나온 게 아니라 미리 근처에 숨어 있었을 것이다. 아사히나 선배와 나가토와 함께 등장할 타이밍을 재고 있었던 것이다. 너무 빠르지도 늦지도 않게. 난 아사쿠라에게 찔려야만 했다. 왜냐하면 그때의 내게 있어 그건 확실히 있었던 과거였기 때문이다. 아사히나 선배라면 이렇게 말하겠지.

"기정사실입니다"고.

밤도 깊어졌지만 아직 잠이 들지는 않았다.

난 기다리고 있었다. 누굴 기다리냐고? 뻔하잖아. 여기에 와야만 하는 녀석 중에서 아직 안 온 녀석이다. 그리고 오지 않으면 절대적으로 거짓말이라 여겨지는 녀석이다.

침대에 누운 채 난 천장을 바라보았고, 그 행동에서 벗어난 것은 심야가 된 시각이었다. 면회시간은 지난 지 오래였다.

병실 문이 천천히 열리고 통로의 불빛이 작은 그림자를 바닥에 드리웠다.

　이날, 마지막으로 날 문병 온 사람은 세일러복을 입은 나가토 유키였다.

　나가토는 평소와 같은 무표정한 얼굴로 이렇게 말했다.

　"모든 책임은 내게 있다."

　안심이 될 정도로 평탄한 목소리였고 어딘지 모르게 오랜만에 듣는 것만 같은 말투였다.

　"내 처분은 검토 중이다."

　난 고개를 갸웃거렸다.

　"누가 검토하고 있는데?"

　"정보 통합 사념체."

　자기 일이 아닌 것처럼, 나가토는 담담하게 이렇게 말했다.

　물론 나가토는 자신이 12월 18일 새벽에 저지른 일을 알고 있었다. 나와 어른판 아사히나 선배가 3년 전의 나가토를 만나러 갔기 때문이다. 알고선 그렇게 되는 것을 피하려 노력했다. 하지만 막을 수가 없었다. 사전에 알게 된 미래라도 피할 수 없는 경우가 있다. 아니, 있었다….

　여름 이후로 어딘지 달라 보인 나가토의 행동이 머릿속에 그려졌다.

　"그렇다고 해도" 난 입을 열었다. "네가 버그를 일으킨 거라는 건 3년 전에는 알고 있었단 거잖아. 그럼 언제든 좋으니까 내게 말을 하지 그랬어. 문화제 뒤라도 좋고, 뭐하면 야구대회 전에라도 말야. 그러면 나도 12월 18일 시점에서 빠르게 행동할 수 있었을 텐데. 재빨리 애들을 모아 3년 전으로 돌아갈 수 있었을걸."

나가토는 절대로 웃지 않는 표정으로 얼굴 표면을 가리고 있었다. 그리고.

"만약 내가 사전에 그 소식을 전했다 해도 이상 작동을 일으킨 나는 네게서 해당 기억을 삭제한 뒤에 세계를 변화시켰을 것이다. 또 그렇게 하지 않았을 거란 보장은 없다. 내가 할 수 있었던 것은 네가 가능한 한 원래 상태 그대로 18일을 맞이하도록 유지하는 것뿐이었다."

"탈출 프로그램을 남겨줬잖아. 그걸로 충분해."

감사의 말을 하며 난 화를 내고 있었다. 나가토에게도, 나 자신에게도 아니었다.

담담한 말투가 병실 벽에 가늘게 메아리쳤다.

"내가 다시 이상 작동을 일으키지 않을 거라는 확신은 없다. 내가 여기에 계속 존재하는 한 내 내부의 에러도 축적될 것이다. 그럴 가능성이 있다. 그건 매우 위험한 일이다."

"엿 먹으라고 전해라."

그렇게 내뱉은 내게 나가토는 말없이 고개를 2밀리미터 정도 기울였다. 그리고 눈을 깜박.

난 최대한 손을 뻗어 가늘고 흰 손을 잡았다. 나가토는 저항하지 않았다.

"네 두목한테 전해줘. 네가 사라지거나 없어지게 된다면, 알겠냐, 난 진짜 뒤집어 엎어버릴 거다. 어떻게 해서든 널 되찾으러 갈 거야. 내겐 아무 능력도 없지만 하루히를 부채질할 수는 있거든."

난 그것을 위한 비장의 카드를 갖고 있다. 단 한마디, "난 존 스미스다" 하고 말하기만 하면 된다.

그래, 그렇고말고. 내게는 수세미 정도의 힘밖에 없다. 그래. 하지만 하루히에겐 엄청난 힘이 있다. 나가토가 사라지게 되면 모든 사실을 그 녀석에게 털어놓고 다 믿게 만들 거다. 그리고 나가토를 찾아 여행을 떠나는 거다. 나가토의 두목이 어떻게 해서 나가토를 어디에 숨기든 삭제하든 하루히라면 찾을 수 있다. 내가 그렇게 만들 거다. 코이즈미와 아사히나 선배도 끌고 가지, 뭐. 우주의 어디에 있을지도 모르는 정보 의식체 따위야 내 알 바 있나. 그딴 건 아무래도 상관없다.

나가토는 우리의 동료다. 그리고 하루히는 SOS단의 누군가가 행방불명이 됐을 때 그대로 포기하거나 체념이라는 단어하고는 거리가 멀다. 나가토뿐만이 아니다, 나나 코이즈미나 아사히나 선배가 갑자기 어디로 가버린다 해도, 만약 그것이 본인의 의사라 하더라도 그 녀석은 인정하지 않을 것이다. 무슨 짓을 해서라도 되찾아 올 것이다. 스즈미야 하루히는 그런 여자다. 제멋대로에 자기중심적이고 남을 전혀 고려하지 않는, 민폐 대마왕인 우리들의 단장님이시다.

난 나가토를 힘주어 쳐다보았다.

"군소리 할 것 같으면 하루히와 같이 이번엔 진짜로 세계를 바꿔버릴 거야. 저 3일간처럼 넌 있지만 정보 통합 사념체 따위는 없는 세계로 말야. 아마 무척 실망하겠지. 뭐가 관찰대상이란 거야. 그딴 건 내 알 바 아냐."

말을 하는 사이 점점 더 화가 치밀었다.

정보 통합 사념체가 얼마나 대단한 고도의 집단인지는 모른다. 분명 무지하게 똑똑한 존재이거나 뭐 그런 거겠지. 원주율의 소수

점 아래 1조 자리까지 2초 만에 암기할 수 있을 그런 녀석들이겠지. 무서울 정도로 고도의 기술도 많이 쓸 줄 알 것이다.

그렇다면, 난 말하고 싶다.

이 나가토 유키에게 더 제대로 된 성격을 줄 수도 있었잖은가 말이다. 살인마가 되기 전의 아사쿠라처럼 반의 인기인이 될 수 있는, 밝고 사교적이며 쉬는 날에 친구와 쇼핑몰에서 쇼핑을 하는 그런 녀석으로도 만들 수 있었을 거 아냐. 왜 혼자 외로이 방에 틀어박혀 책만 보는 그런 우울한 소녀로 설정한 거야. 그렇지 않으면 문예부답지 않아서 그런 거냐? 하루히가 눈길을 안 줄 것 같아서 그런 거야? 그건 대체 누구 아이디어냐?

이성을 되찾고 보니 난 나가토의 손을 너무 세게 쥐고 있었다, 하지만 독서를 좋아하는 유기 안드로이드는 그 행위에 대해서는 아무 말이 없었다.

나가토는 그저 날 가만히 바라본 채 천천히 고개를 끄덕이고선,

"전달하겠다."

그러고는 또다시 담담한 목소리로 속삭였다.

"고맙다."

에필로그

난 생각에 잠겼다.

종업식은 이미 끝났고, 담임 오카베에게서 통지표를 받는 것으로 올해의 고교 생활은 끝이다.

오늘 날짜는 12월 24일.

사라져버렸던 1학년 9반과 그 학생들은 모두 부활했고, 이번엔 거의 출연할 기회가 없었던 코이즈미 이츠키도 그곳에 있었다. 아사쿠라는 반년도 더 된 옛날에 1학년 5반에서 모습을 감추었고, 타니구치는 여전히 들떠 있었으며, 내 뒷자리에는 오늘도 하루히가 자리를 잡고 있었고, 감기도 유행하지 않고 있다. 강당에서 본 나가토의 얼굴에는 안경이 없었고, 종업식이 끝날 때 우연히 마주친 아사히나 선배와 츠루야 선배 콤비는 나란히 내게 인사를 건넸다. 통하교 도중에 확인한 바에 따르면 사립 코요엔 학원도 아가씨 여학교로 돌아간 상태였다.

세계는 원래대로 돌아왔다.

하지만 선택권은 아직까지 내 손 안에 있다. 나와 나가토와 아사히나 선배가 다시 한번 과거로—12월 18일 새벽으로—돌아가지 않으면 세계는 이 모습을 갖출 수 없다. 갔기 때문에 돌아올 수 있었던 것이다. 하지만 언제 갈지는 아직 정하지 않았다. 아사히나 선배에게도 설명하지 않았다. 그녀는 어른 버전의 자신에게서 사정을 들었을까. 요 며칠 동안의 모습을 봐서는 잘 모르고 있는 것 같긴 한데.

"하여간."

의미도 없이 중얼거리며 서클 건물로 이어지는 복도로 들어섰다.

서킷에서 개최되는 모터카 레이스처럼 난 같은 지점으로 돌아오는 규칙을 짊어지고 있는지도 모른다. 두 바퀴째와 세 바퀴째에 그리 큰 차이는 없었고, 있다 해도 그걸 정하는 건 내 일이 아니지만, 오프닝 랩과 파이널 랩은 같은 길, 같은 광경이라 해도 완전히 다른 의미를 가진 것처럼 보일 것이다. 기권하지 않도록 주의하며 마지막까지 달려 결승선을 무사히 통과할 수만 있다면 그걸로 충분하다. 그래, 누군가가 결승점의 깃발을 흔드는 바로 그 순간까지.

…뭐, 그것도 모두 다 포함해 불필요한 이론에 불과하다는 건 알고 있다.

뭐라 변명을 한다 해도 소용없다. 왜냐하면 난 이쪽을 선택하고 말았다. 하루히와 같은 무의식 해피 대폭주와는 사정이 다르다. 어디까지나 자신의 의사로 헛소동을 벌이는 쪽을 선택한 것이다.

그렇다면 마지막까지 책임을 져야겠지.

나가토가 아니라, 하루히도 아니라, 까마귀와 어울리다 까맣게 물들어버린 내가 말이다.

"참 꼴불견이네."

폼을 잡듯 그렇게 자조하는 말을 던져보았다. 영 폼이 나지 않는 것 같지만 상관없다. 아무도 보는 사람은 없다. 그런 줄 알았는데,

스쳐지나가던 이름 없는 여학생과 눈이 마주쳤다. 재빨리 시선을 피하고 잰걸음으로 달려가는 뒷모습에게 말을 건넸다. 단 들리지 않도록.

"메리 크리스마스."

진부한 드라마의 마지막회라면 흰 눈송이 하나가 팔랑거리며 떨어지고, 그걸 손바닥으로 받아들며 "아!" 나 뭐 그런 말을 해야 할 것 같은 날이지만, 아무래도 화이트 크리스마스는 될 것 같지가 않다. 오늘은 기가 찰 정도로 쾌청하다.

난 계단 첫째 칸에 발을 올렸다.

이걸로 완벽하게 당사자 중 한 명이 되고 말았다. 보기만 하는 것으로 충분하다고 생각하던 시기는 이미 먼 옛날에 은하 저편으로 사라져 과거의 물건이 되고 만 것이다.

"그래서 어쨌다고?"

이제 와 확인해 어쩌자는 건가. 난 이쪽 사람이다. 그런 건 이미 오래전에 깨달은 사실이잖아. 하루히에게 이끌려 간 문예부에서 동아리방 강탈 선언을 들은 순간에.

SOS단의 다른 멤버들과 마찬가지로, 난 이 세계를 적극적으로 지키는 쪽으로 돌아서고 만 것이다. 누가 강요해서가 아니라 자진해서 손을 든 것이다.

그렇다면 해야 할 일은 하나밖에 없다.

똑같이 쓰러진다고 해도 앞으로 쓰러지는 쪽이 일어나기 쉬운 법이다. 쓰러진 날 도우러 간다면 결국 그건 날 위한 일이기도 하다.

계단을 오르며 이제 곧 개시될 예정인 이벤트로 주의를 돌렸다. 쇼핑은 최종적으로는 하루히와 아사히나 선배 둘이서 갔다왔다. 짐꾼으로 내정되어 있던 나는 병상에서 일어난 지 얼마 안 됐다는 이유로 면제가 되었다. 하루히 나름대로 배려를 했다기보다 막판까지 메뉴를 숨겨놓았다가 뚜껑을 연 순간 드러난 내용물로 모두를 경탄케 만들려는—계획인 거겠지. 섬에서 있었던 경험을 살리려는 건지도 모른다. 싸구려 지뢰밭 전골 크리스마스 파티.

대체 뭐가 튀어나올까. 하루히의 성격에 서프라이즈를 우선시하는 것에 치중하다 못해 인류의 요리 역사에서 존재하지 않았던 실험적이며 엽기적인 전골을 만들었을지도 모른다. 하지만 뭐가 끓고 있든 대부분의 것들은 삶으면 먹을 수 있을 거다. 아무리 하루히라도 자기 위장이 소화할 수 없는 물건을 집어넣지는 않겠지. 그 녀석이 괴수 수준의 위장을 갖고 있다면 몰라도 상식 밖에 존재하는 하루히라 해도 위장은 인간 수준이겠지. 인류 레벨을 뛰어넘은 건 머릿속뿐이다.

게다가 전골 대회의 부록과도 같이 난 사슴 옷을 뒤집어쓰고 여흥을 보여줘야 한다. 소재를 생각해야 하는 내 생각도 좀 해줘라.

"에구구구."

지난달에 봉인하기로 결심했던 감탄사가 입을 뚫고 나왔지만 뭐 무슨 상관이랴. 발음이 똑같아도 거기에 담긴 의미가 다르면 그건 역시 다른 말이다.

별첨 변명을 늘어놓으며 난 머릿속 스케줄 수첩에 예정을 하나 써넣었다.

그 예정은 기정사실이다. 내가 현재에도 이렇게 있을 수 있도록 반드시 해야만 하는 일이다.

―가까운 시일 내에 세계를 부활시키러 가야 한다.

　　동아리방이 가까워옴에 따라 무척 좋은 냄새가 코 안 점막을 자극한다. 그것만으로도 배가 부른 기분이 드는데, 이 만족감의 정체는 대체 뭘까. 머지않아 시간 역행을 해 정리해야 할 일이 있는데 아직 아무것도 하기 전부터 만족하다니 참 속 편하네.

　　―하지만 뭐 그 전에.

　　시간은 아직 있다. 그 일을 하는 건 지금보다 미래의 나다. 먼 미래는 아니지만, 지금 당장도 아니다.
　　문예부실 손잡이에 손을 대고 난 세계에 질문을 던졌다.

　　어이, 세계. 조금은 기다려줄 수 있겠지? 재변경을 하러 갈 때까지 조금만 대기하고 있어줄 수 있지?

　　최소한―.

　　하루히 특제 전골을 맛본 다음에라도 늦지는 않겠지?

― 5권에 계속 ―

작가 후기

후기를 대신한 추억으로 용서해주시기 바랍니다.

초등학교 5학년 때 같은 반이 된 그는 천재라 해도 과언이 아니었다. 그는 반의 중심인물로 똑똑하고 집안도 좋고 주위에 밝은 분위기와 웃음의 공기를 일관되게 뿌리는 뛰어난 인물이었다. 그에게는 눈부실 정도의 카리스마가 있었다. 그런 그와 내가 친해진 건 당시 그와 나의 취미가 같았기 때문이다. 낚시와 해외 추리소설. 궁합이 맞는지 안 맞는지는 모르겠다.

반이 바뀌어도 그와 같이 어울렸다. 반장은 당연히 그였다. 어느 날 학년을 대표하는 반이 각각 학년 전체 앞에서 개인기를 선보이는 이벤트가 열렸다. 우리 반은 뭘 할까 막판까지 결정을 못하고 고민하고 있었을 때 그는 "그럼 연극을 하자"며 각본을 써왔다. 잊혀지지도 않는다. 그 시나리오를 읽으며 난 눈물을 흘리고 배꼽을 잡고 웃었다. 이 세상에 이렇게 재미있는 게 또 있을까.

그리고 우리는 그의 연출 하에 그 시나리오를 충실하게 재현했다. 우리가 연기한 그 연극을 본 6학년 모두가 웃었다. 선생님들도 웃었다. 우리 반은 금상을 탔고, 나무로 조각한 방패를 받았다. 그때 내가 연기한 역이 무엇이었는지는 어제 일처럼 떠올릴 수 있다.

그후 중학교를 함께 보낸 뒤 그는 먼 고등학교로 진학했고 더 먼 대학으로 갔다.

가끔 생각한다. 과연 내가 그렇게까지 누군가를 웃길 수 있을까 ─. 그리고 그때의 그의 각본에 의해 나의 어딘가에 숨어 있던 스위치가 켜진 것은 아닐까 ─.

그 생각은 내 내면에 뿌리를 뻗어 절대로 잊을 수 없는 기억의 일부가 되어 있다.

…조금 부족한가요. 계속해서 추억 제2탄.

고등학교 시절 난 잠깐 동안 문예부에 소속되어 있었다. 메인으로 하는 동아리가 있었기 때문에 그곳에는 일주일에 한 번 갈까 말까였지만, 원래 1주일에 한 번밖에 활동을 않는 동아리였다. 부원이 1학년 위의 여학생 한 명이 다녔기 때문이다. 내가 처음 문을 두드렸을 때에는 안경을 쓴 이지적인 얼굴의 그녀가 유일한 부원이자 부장이자 선배였다. 그 선배와 당시의 내가 무슨 얘기를 했는지, 무슨 할 얘기가 있었는지는 전혀 기억이 안 난다. 어쩌면 아무 말도 안 했을지도 모른다.

입부한 뒤 얼마 지나 문예부 회지를 둘이서 만들었다. 내가 뭘 썼는지는 잘 생각이 안 난다. 소설은 아니었다. 표지는 내가 그렸다. 이것도 생각하고 싶지 않다. 둘만으로는 페이지를 메울 수가 없어 선배는 자기 친구들 몇 명에게 부탁해 글을 기고받았다. 관계는 없는 일이지만 그중 한 명의 이름이 무척 인상적이라 지금도 기억하고 있다.

3학년이 되자 선배는 동아리에서 은퇴해 입시 공부에 전념하게 되었다. 그와 동시에 신입부원이 다섯 명 정도 들어왔다. 왠지는 모르겠다. 다른 동아리 활동이 압도적으로 재미있어진 나도 곧 문예부를 찾지 않게 되었다.

선배와는 그녀의 졸업식 날에 만났다. 거기서 나눈 대화도 기억에 없다. 아마 별로 대단치 않은 잡담을 하고 담담히 떠나가는 뒷모습을 바라보지 않았을까.

그 선배의 이름을 떠올릴 수가 없다. 분명 선배도 내 이름을 기억하지 못할 것이다. 하지만 그때 그곳에 누군가가 있었다는 것은 그녀도 기억하지 않을까 싶다.

내가 그런 것처럼.

…이런 순 거짓말 냄새 풀풀 나는 추억담 2연발로 후기 페이지를 메우는 모습에 허덕이고 있다는 냄새가 물씬 풍깁니다만, 저의 흐릿한 기억 속을 헤매다보면 웃기는 에피소드보다 머리를 감싸 쥘 에피소드가 훨씬 많아 졸도할 것 같아요…. 좀더 다른 방법이 있지 않았을까 생각을 안 해본 건 아닙니다만, 그런 건 강에 빠져 둥둥 떠내려가는 축구공의 운명을 생각하는 것과 같은 짓이라, 다른 방향으로 시선을 돌리는 게 좋을 것도 같습니다.

마지막으로, 이 책의 출판에 관여해주신 모든 분들과 읽어주신 모든 분들께 감사의 춤을 바치며 이만 접겠습니다.

개정판 스즈미야 하루히의 소실

2022년 6월 8일 초판 1쇄 인쇄
2022년 6월 15일 초판 1쇄 발행

저자 · Nagaru Tanigawa
일러스트 · Noizi Ito
역자 · 이덕주
발행인 · 황민호
콘텐츠4사업본부장 · 박정훈
콘텐츠4사업본부장 · 김순란 강경양 한지은 김사라
마케팅 · 조안나 이유진 이나경
국제업무 · 이주은 김준혜
제작 · 심상운 최택순 성시원
한국판 디자인 · 디자인 우리
발행처 · 대원씨아이(주)

서울 특별시 용산구 한강로3가 40-456
편집부 : 02-2071-2104 FAX : 02-794-2105
영업부 : 02-2071-2061 FAX : 02-794-7771
1992년 5월 11일 등록 3-563호

http://www.dwci.co.kr/

ISBN 979-11-6894-661-3
ISBN 979-11-6894-657-6 (세트)